크리스티나는 그저 실베스터가
어떤 마음일지 궁금했을 뿐이지만
예상 밖에도 시실리와 엘리자베트는
실베스터와 옥타비아를
진심으로 이어줄 생각이라는 것을
짐작할 수 있었다.

엘리자베트 폰 알스하이드

"옥타비아 왕녀님이 실버 군을 좋아하는 건
보면 알겠는데, 실버 군은 어떻습니까? 시실리 양."

크리스티나가 시실리에게 묻자
시실리가 생각에 잠겼다.

"저 나이 때에 3살 차이는 상당히 크니까
실버가 볼 때는 연애 대상이 아닐 것 같아요."

"그러게요. 만약 실버가 비아를 연애적인 의미로
좋아한다고 말한다면 솔직히 좀 이상할 것 같네요."

"맞아요. 조만간 자연스럽게
의식하게 되지 않을까요?"

"다만 그 사이에 실버가 한눈팔면 안 되니
비아가 계속 어필하게 할 생각이에요."

내 고백을 들은 실버가
그야말로 경악한 표정으로 소리쳤다.
그러자 우리를 지켜보던 시실리가
키득키득 웃으며 실버의 머리를 쓰다듬었다.

"신기하지?
아빠가 갓난아이였을 때
마물의 습격을 받은 마차 안에서
멀린 할아버님께서
유일한 생존자였던 아빠를
발견해서 키워주셨어."

"아버지……
나……
아버지의 아들이 아니야?"
"실버, 그거 알아?"
"뭐를?"
"아빠하고 할아버지, 할머니는 말이지."
"응."
"피가 이어지지 않았어."
"거짓말……!"

시실리 월포드

실버 월포드

신 월포드

"치유 마법을 걸어도 낫지 않아서
어떡하면 좋을지……."

시실리는 성녀라 불릴 정도로
치유 마법이 뛰어난 마법사다.

"시실리의 치유 마법이
듣지 않았다고……."

"네…… 그러니 신 군이라면
뭔가 알지 않을까 해서요……."

통신기 너머로 들린 시실리의 목소리는
걱정과 불안으로 무척이나 힘이 없었다.

영원무궁의 영웅담

현자의 손자

17

요시오카 츠요시 지음

키쿠치 세이지 일러스트

김덕진 옮김

현자의손자

Contents

17

알스하이드 왕국에선 6살이 되면 초등학원에 입학해서 6년 간 중등학원에서 3년간 공부하는 것이 『의무』이다.

지식은 국민의 생활을 풍요롭게 한다는 몇 대 전 국왕의 방침으로 정해진 일인데, 신은 이 국왕도 전생자가 아닐까 의심하고 있다.

그건 그렇고 알스하이드 국민이라면 누구나 다니는 초등 학원과 중등학원을 조금 더 설명하자면, 평민은 공립······ 다시 말해 지역 자치구가 운영하는 학원에 다니게 된다.

나라에서 보조금이 나오기에 수업료와 급식비는 무료.

교복이 없어 사복으로 다는 것이 일반적이라서 얼티밋 매 지션즈의 평민 출신도 이 공립 초등, 중등학원에 다녔다.

귀족과 유복한 평민은 어떨까? 정답은 나라가 직접 운영 하는 왕립의 초등, 중등학원에 다닌다.

나라가 운영하지만 필요한 자금은 귀족과 유복한 평민의 기부금으로 채우고 있기에 국가 예산 측면으로 말하자면 평 민의 공립학원 쪽이 더 많은 대우를 받고 있다고 할 수 있 을 것이다.

다만 왕립은 기부금을 받는 만큼 잘 맞춰진 교복이 있고, 건물과 설비가 호화롭고, 교사진이 일류이며, 무엇보다 상류 계급 아이들만 다니다 보니 장래의 인맥 만들기에도 큰 도움이 된다.

이런 왕립 초등학원에 지금 큰 주목을 받는 학생이 있다.

바로 올해 입학한 신의 양아들 실베스터 월포드다.

실베스터는 원래부터 창신교 교황 예카테리나가 공표한 『기적의 아이』로 유명했지만, 신의 양자이자 월포드의 성을 지닌 아이가 왕립 학원에 입학한 것이다.

좋든 싫든 주목받기 마련이지만 정작 본인은 그런 사실을 전혀 깨닫지 못했다.

그리고 오늘도 실베스터는 왕립 알스하이드 초등학원에 등교했다.

제1장 아이에겐 아이의 세계가 있다

왕태자비 엘리자베트를 노린 두 번의 암살 미수.

이에 각국이 담에 강제로 개입했고, 담의 정치 형태는 다시 변할 수밖에 없었다.

어른들은 그 커다란 변화에 대응하느라 우왕좌왕했지만, 그런 사실을 조금도 신경 쓰지 않는 이들도 있었다.

바로 아이들이다.

알스하이드 왕립 알스하이드 초등학원에 다니는 아이들의 부모는 대부분이 귀족이며 그 이외에도 왕성히 사업을 하는 유복한 가정이라서 이번 담의 혼란으로 매우 바빠졌지만 아이들과는 상관없는 이야기였다.

"실버 군."

초등학원 1학년 교실에서 교실에 들어온 실베스터에게 말을 거는 여자아이가 있었다.

아니, 여자아이「들」이다.

"어, 다들 안녕."

저마다 인사하는 여자아이들에게 실베스터는 생긋 웃으며 인사했다.

실베스터는 찰랑거리는 은발에 말끔한 얼굴, 체형도 늘씬했다.

거기다 성적도 우수하고 운동 신경도 좋으며 성격도 온화하고 자상한 데다 집안도 『그』 월포드다.

다시 말해 여자아이들에게 무척 인기가 많았다.

마치 소설 속에서 튀어나온 것만 같은 실베스터가 생긋 웃으며 인사하자, 그 미소를 본 여자아이들은 마음을 빼앗겨 현기증이 날 것만 같았다.

여자아이들은 생각했다. 「마치 왕자님 같다」고.

그녀들과 나이가 비슷한 왕족은 왕녀님뿐이라, 나이가 비슷한 남자아이가 없다.

지금 왕자님은 아우구스트뿐이고 이미 결혼해서 아이까지 있다.

지나치게 어른이라 그녀들에겐 연애 대상이 아니었다.

따라서 그녀들에게 왕자님이란 평민이지만 『구세의 영웅』, 『마왕』, 『신의 사도』라고 불리는 신과 『성녀님』이라 불리는 시실리의 아들이자 용모까지 뛰어난 실베스터였다.

그러나 사실 실베스터를 왕자님이라 부르는 것은 이상한 일이 아닐지도 모른다.

그 이유는 실베스터가 구 제국의 제위 승계권을 지녔던 슈투름의 아들이기 때문.

세상이 달랐다면 황자님이라 불렸을 것이다.

그러나 그 사실은 극히 일부의 사람만이 아는 사실.

그런 사실과는 상관없이 그녀들은 실베스터를 『왕자님』으로 보았다.

여자아이들에게 인기가 많으니 남자아이들로부터 빈축을 살 법도 하지만, 남녀 불문하고 자상하게 대하는 성격이기에 대놓고 실베스터에게 적대하는 아이는 드물었다.

"오! 실버, 좋은 아침!"

"응, 안녕, 알렌. 오늘도 활기차네."

"당연하지!"

실베스터에게 알렌이라 불린 소년은 환하게 웃었다.

알렌은 웰슈타인이라는 이름의 후작가의 아들이다.

고위 귀족 출신이지만 그런 생각이 들지 않을 정도로 거리낌 없는 태도로 실베스터를 대했다.

그리고 알렌이 그렇게 편히 대하는 상대는 실베스터뿐이었다.

고위 귀족인 그는 어렸을 때부터 행동과 예절에 엄격한 교육을 받으며 자랐고, 그것이 정말 싫었다.

갑갑해서 숨이 막힐 것만 같았다.

그럴 때, 초등학원에서 우연히 자리가 가까웠던 실베스터와 친구가 됐다.

신분은 평민인데도 알스하이드 왕족들과도 사이가 좋은 월포드 가문.

그 가문의 아들인 실베스터와 친구가 됐다고 부모님께 보고했을 때, 부모님은 눈물을 흘릴 기세로 기뻐하며 잘했다고 최고의 찬사를 보냈다.

실베스터는 평민이다.

따라서 정중한 말투에 익숙하지 않으니 괜찮다면 편하게 대해도 되는지 물었다.

그 사실을 다시 부모님께 보고했을 때 실베스터 님의 바람대로 하라고 공인받았다.

어째서 평민 아이를 님이라는 호칭으로 부르는 걸까? 그렇게 생각했지만 아무래도 상관없었던 알렌은 실베스터와 스스럼없이 대화하게 됐다.

그 이후 알렌과 실베스터는 학원에서 제일 가까운 사이가 됐다.

알렌은 이제는 친구라 해도 좋을 거라고 생각했다.

자리에 앉은 실베스터는 그런 알렌과 담소를 나눴다.

"실버, 주말엔 뭐 했어?"

"나? 집에서 손을 돌봤어."

"손?"

"얼마 전에 태어난 내 동생. 귀여워."

"와! 축하할 일이네! 근데 계속 집에 있었어?"

"응. 아, 하지만 비아하고 엘리 아주머니가 놀러 오셨어."

실베스터가 그렇게 말하자 알렌의 몸이 경직됐다.

비아와 엘리 아주머니가 누구인지 알기 때문이다.

"너, 너 말이야…… 왕녀님을 그렇게 부르다니…… 왕태자비님을 아주머니라고 하고……."

너무나도 불경한 발언에 알렌은 입을 뻐끔거릴 수밖에 없었다.

알렌은 학원에선 편안한 태도로 지내지만 예절을 엄격히 배웠기에 왕가에 대한 충성과 경애도 몸에 배어 있었다.

그런 왕가의 일원을 옆집 사람 부르듯 말하는 것은 알렌으로선 받아들이기 어려웠다.

그런 알렌의 태도에 실베스터는 쓴웃음을 떠올렸다.

"나도 그렇게 생각해서 비전하라고 부르는 편이 좋을지 물었는데 그러지 말고 지금까지처럼 엘리 아주머니라고 부르라고 하셨거든."

"그렇구나…… 역시 월포드네."

"응, 아버지는 굉장해. 아버지와 오그 아저씨는 친구니까 친구의 아이가 격식을 차리지 않았으면 좋겠대."

왕태자 전하를 아저씨라니……. 알렌은 가볍게 충격을 받았지만 그 이상 파고들지 않기로 했다.

천하에 유명한 월포드 가문에선 그게 일상일 것이라고, 그렇게 받아들이기로 했다.

"아, 그리고 여동생하고 동갑인 아이가 놀러와서 꽤 떠들썩했어. 그래서 지루하지 않았지."

"누군데?"

"음, 빈 공방이라고 알아?"

"그야 당연히 알지. 알스하이드에서 제일 큰 공방이잖아."

"그 집 아들 맥스라는 아이하고 아버지하고 전부터 알던 사람의 아이인 레인이라는 남자아이가 왔어."

"흐음."

실베스터가 말한 레인은 지크프리트와 크리스티나의 아들이다.

용모는 크리스티나와 닮아서 감정이 얼굴에 잘 드러나지 않는 아이다.

"실버의 여동생이 3살이라고 했나?"

"응."

"그 나이의 아이들이 잔뜩 오면…… 돌보기 힘들지 않아?"

"그건 그렇지. 하지만 다들 말 잘 듣는 착한 아이들이라서 그렇게 힘들지 않아."

"……너, 굉장하다."

"그래?"

"응. 나도 친척 중에 어린아이가 있는데 아직 예절 교육을 받지 않았거든. 그래서 집에 놀러 올 때마다 시끄러워."

"하하하. 그렇구나."

"그나저나 실버네 집은 마왕님에 성녀님, 현자님에 도사님까지 계시지? 굉장하네."

또래 아이들에게도 현자와 도사의 일화가 알려져 있다.

부모와 조부모 세대가 특히나 존경하는 인물인 만큼 아이들도 부모의 권유로 현자와 도사의 위인전과 소설 등을 읽게 된다.

그러나 지금 세대 아이들에게 영웅이란 누가 뭐래도 신 월포드가 이끄는 얼티밋 매지션즈다.

알렌은 굳이 말하지는 않지만 늘 마왕 신과 성녀 시실리가 부모라는 걸 너무나도 부러웠다.

그래서 이제부터 실베스터가 할 말이 쉽게 믿기지 않았다.

"괜찮으면 다음에 우리 집에 놀러 올래?"

"어?"

"아, 알렌의 집은 후작가니까 집에서도 공부해야 하나? 그럼 무리하지 않아도……."

"갈래! 갈 거야! 부모님께 여쭤봐야겠지만 분명 허락해주실 거야! 공부 일정이야 바꾸면 돼!"

알렌의 필사적인 모습에 실베스터가 약간 당황했다.

"그, 그래? 그럼 예정이 정해지면……."

"이번 주말! 이번 주말에 갈게!"

"어? 아, 응. 알겠어. 그럼 그렇게 말해둘게."

"응!"

알렌은 환한 미소로 대답한 뒤 그렇게 중얼거렸다.

"정말…… 정말로…… 마왕님과 성녀님을 만날 수 있는 건가……."

그런 알렌을 본 실베스터는 쓴웃음을 지었지만 역시 아버지와 어머니는 굉장하다는 것을 다시금 실감했다.

수업이 끝나고 쉬는 시간이 되자, 같은 반 여자아이가 실베스터와 알렌에게 다가왔다.

"저, 저기, 알렌 님……."

"응? 아, 크레스타구나. 무슨 일이야?"

크레스타라 불린 여자아이는 마누엘 백작가의 딸로, 알렌의 소꿉친구다.

연갈색 머리카락과 눈동자를 지닌, 무척이나 힘없어 보이는 여자아이였다.

그런 크레스타가 실베스터와 즐겁게 대화하는 알렌에게 마음을 굳힌 듯 말을 건 것이다.

"저, 저기! 이번 주말에 시간 있으시나요?! 혹시 괜찮으시면 저희 집으로 놀러 오지 않으실래요?!"

새빨간 얼굴로 그렇게 말한 크레스타는 소꿉친구인 알렌을 좋아했다.

서로의 부모님도 응원하고 있으며 이번엔 크레스타 어머니의 제안으로 알렌을 집으로 초대하려고 했다.

그래서 알렌을 초청했는데…….

"어? 아……."

지금까지 크레스타의 초청을 거절한 적이 없었던 알렌.

그도 그럴 것이 크레스타가 알렌을 부를 땐 알렌의 부모님도 협력해서 예정을 비웠기 때문이다.

이번에도 그럴 줄 알았는데 알렌은 껄끄러운 표정으로 고개를 돌렸다.

"······어?"

설마 그런 반응이 돌아올 줄은 상상도 하지 못했던 크레스타는 믿기지 않는 듯이 알렌을 바라보며 절망에 빠졌다.

"폐, 폐가 됐나요······?"

풀이 죽은 채 그렇게 말한 크레스타를 본 알렌이 크게 당황했다.

"아! 아니, 그게 아니야! 이번 주말엔 실버네 집에 놀러 가기로 했거든! 크레스타가 싫은 게 아니야!"

"······어?"

알렌의 말에 크레스타의 입에서 아까와 똑같은 말이, 전혀 다른 감정으로 흘러나왔다.

"실버 군의 집이라면······ 그게······."

"으, 응. 실버가 집으로 놀러 오라고 말했거든. 방금 그렇게 얘기한 참이야."

"그, 그랬군요······."

이때 크레스타의 심정은 자신보다 실베스터를 우선시한 알렌을 향한 불만과 알스하이드 왕국에서······ 아니, 전 세계에 모르는 사람이 없는 월포드 가문의 집에 초대받아 부럽다는 마음이 뒤섞여 있었다.

"그, 그러니까 말이지? 딱히 크레스타가 말을 걸어준 게 폐가 되는 건 아니야."

복잡한 표정으로 입을 다문 크레스타에게 필사적으로 변명하기 시작한 알렌.

이 대응을 보면 알렌이 크레스타를 어떻게 생각하는지 명백하다.

즉, 이 두 사람은 서로에게 호의를 품고 있다.

주위에선 이미 다 알고 있기에 양쪽 부모님뿐만 아니라 같은 반 친구들조차 따뜻한 시선으로 지켜보는 관계이다.

주변인들은 그냥 빨리 사귀라는 심정이었지만 두 사람은 아직 초등학원 1학년.

아직은 사귄다거나 하는 그런 감정을 잘 모를 때이다.

당연히 실베스터도 두 사람을 훈훈하게 지켜보는 사람 중 한 명이다.

"이런 기회는 흔치 않으니까!"

"그러게요……."

"이해해준 거야?!"

"네…… 아쉽지만…… 이번엔 포기……."

"아, 그럼 크레스타 양도 이번 주말에 시간 있다는 거지? 괜찮으면 알렌하고 같이 집으로 놀러 올래?"

정말 어쩔 수 없이 알렌과의 약속을 포기하려던 크레스타에게 갑자기 구원의 손길이 나타났다.

거기다 아까 진심으로 부러웠던 월포드 가문의 집에 초대되는 형태로.

"그, 그래도 되나요?"

넋이 나간 표정으로 실베스터를 바라본 크레스타.

"응. 크레스타 양는 알렌하고 같이 놀고 싶었던 거지? 그럼 같이 우리 집에 놀러 와. 아, 하지만 크레스타 양는 백작가 딸이니까 평민의 집에 놀러가는 건 안 되려……."

"그렇지 않아요! 알렌 님과 함께니까요! 전혀! 조금도 안되지 않아요!"

"……그, 그래?"

실베스터의 말이 끝나기도 전에 그렇게 단언한 크레스타.

필사적이었다.

"그럼 이번 주말에 둘이서 우리 집에 놀러 와."

"그래!"

"네! 기대돼요!"

이렇게 초등학원에 입학한 이래 처음으로 실베스터의 친구가 월포드 가에 놀러 오게 됐다.

알스하이드 초등학원이 쉬는 주말.

가문의 마차로 월포드의 저택을 찾은 알렌은 남몰래 감동했다.

알스하이드 왕도에 있는 월포드 가는 현자 멀린, 도사 멜리다, 마왕 신, 성녀 시실리가 사는 왕도에서도 손에 꼽히는 중요 시설이다.

그 문 앞은 늘 엄중한 경비가 있어서 사람들은 먼 곳에서만 그 집을 볼 수 있었다.

극히 한정된 사람만이 그 문을 넘을 수 있었다.

그리고 지금 그 문을 마차가 통과했다.

"오오…… 워, 월포드 가의 문을 넘어섰다!"

"아버님……."

알렌은 이번에 함께 따라온 아버지를 보았다.

자신도 감동했지만 더 요란스럽게 감동한 아버지가 있었기에 솔직하게 감동에 젖어 있을 수가 없었다.

"혼자 가도 된다고 말씀드렸는데, 왜 따라오신 건가요?"

"그, 그건 말이다. 역시 아이끼리의 교류라지만 처음 실례하는 집이잖니. 그러니 부모로서 먼저 인사하는 게 마땅하지."

틀린 말은 아니다.

알렌은 후작이라는, 귀족 중에서도 고위에 해당하는 귀족의 자식이다.

그리고 월포드 가는 작위가 없는 평민이라는 입장이긴 하지만 실제로는 복잡한 어른의 사정으로 작위를 받을 수 없었을 뿐이다.

만약 알스하이드 왕가가 그럴 마음이 든다면, 그리고 월포드가 받아들일 마음이 든다면 후작 지위 정도는 가볍게 얻게 될 것이다. 왕가와의 가까운 거리를 생각하면 왕가의 친족에게만 주어지는 공작위를 받는다 해도 이상하지 않다.

그런 집에 아들이 놀러 가게 됐다.

그러니 당주인 아버지가 인사하러 찾아가는 것이 당연하다.

하지만…….

"……아버님. 설마 아니겠지만…… 신 님과 시실리 님, 멀린 님과 멜리다 님을 만나고 싶으셔서 따라오신 건 아니시죠?"

"그! 그럴 리가 있나! 어, 어디까지나 웰슈타인 후작가로서 온 거지!"

아무래도 아버지의 목적은 월포드 가 사람과 만나는 것인 듯하다.

어쩐지 어제부터 유독 들떠 보인다 싶었던 알렌은 평소의 엄격함이 온데간데없이 사라진 아버지를 보고서 자신도 모르게 한숨이 나왔다.

그렇게 웰슈타인 가의 마차, 그리고 그 뒤를 따르던 마누엘 백작가의 마차가 저택 현관에 도착했다.

알렌과 크레스타, 그리고 크레스타 쪽에서도 따라온 부모가 마차에서 내리자 월포드 가의 정면 현관이 열리며 실베스터가 나왔다.

"알렌, 크레스타 양, 어서 와."

"오, 실버! 실례할게!"

"시, 실례하겠습니다, 실버 군."

처음 친구를 집으로 초대한 실베스터가 기뻐하고, 알렌은 휴일에 실베스터와 만난 기쁨과 앞으로 찾아올 만남에 흥분을 감추지 못했으며, 긴장이 최고조에 달한 크레스타가 인사했을 때 실베스터의 뒤에서 누군가가 나타났다.

그 모습을 본 알렌, 크레스타, 그리고 두 사람의 부모는 긴장한 나머지 몸이 딱딱히 굳어버렸다.

"어서 와. 알렌 군하고 크레스타 양이지? 나는 실버의 아빠야."

"어서 와요, 알렌 군, 크레스타 양. 실버의 어머니예요."

『마왕』, 『신의 사도』, 『구세의 영웅』이라 불리는 신과 『성녀』라 불리는 시실리가 자신의 이름을 부르며 밝게 인사해 주었다.

단지 그것뿐이었지만 알렌과 크레스타는 감동한 나머지 가슴이 벅차올랐다.

그런 두 사람을 훈훈한 시선으로 바라본 신은 뒤에 서 있는 두 아버지에게 말을 걸었다.

"웰슈타인 후작님과 마누엘 백작님이시죠? 처음 뵙겠습니다, 신 월포드입니다. 아드님께서 실버와 친하게 지내주신다고 들었어요. 감사합니다."

"아! 아니요!"

"저, 저야말로!"

온화한 표정의 신과는 다르게 웰슈타인 후작과 마누엘 백작은 긴장한 나머지 뻣뻣한 표정으로 고개를 숙였다.

고위 귀족이 평민에게 고개를 숙인 것이다.

원래라면 있을 수 없는 일이지만, 멀린부터 시작된 월포드 가문의 후광은 절대적이었다.

자신들도 모르게 이름을 밝히는 것을 잊을 정도로.

그러나 귀족의 예절에 둔한 신은 딱히 신경 쓰지 않았다.

그런 남성들을 본 귀족 영애였던 시실리가 쓴웃음을 지으며 말을 걸었다.

"이런 곳에서 얘기할 게 아니라 안으로 들어오세요. 실버, 알렌 군과 크레스타 양을 안내해 주겠니?"

"응! 알렌, 크레스타 양, 어서 들어와!"

"그래!"

"시, 실례하겠습니다."

시실리의 말에 실베스터는 알렌과 크레스타를 집으로 들였다.

실베스터의 안내로 거실에 간 아이들을 지켜본 보호자인 어른들도 안으로 들어갔다.

그리고 거기서 기다리고 있는 인물을 보고서 다시 몸이 굳어버렸다.

"어서들 오게."

"여기까지 오느라 고생했겠네."

멀린과 멜리다.

알렌과 크레스타 세대에게 영웅이란 신과 시실리, 아우구스트를 포함한 얼티밋 매지션즈이지만, 그 부모인 웰슈타인 후작과 마누엘 백작에게 영웅이란 이 사람들이다.

그런 살아있는 전설이 눈앞에 있다.

"처, 처음 뵙겠습니다! 웰슈타인 후작가를 삼가 받은 알버트 폰 웰슈타인이라고 합니다! 마, 만나 뵙게 되어서 영광입니다!"

"마누엘 백작가를 삼가 받은 체스터 폰 마누엘이라고 합니다! 뵙게 되어 감격했습니다!"

신과 시실리와 마주했을 땐 현대의 영웅을 만나게 되어 긴장했었다.

그러나 멀린과 멜리다는 어렸을 때부터 동경하던 존재.

그런 두 사람을 만나자 아까 알렌과 크레스타가 그랬던 것처럼 감동한 표정이 된 웰슈타인 공작과 마누엘 백작.

표정이 아이들과 똑같았다.

"허허. 그렇게 긴장하지 말게나."

"이 영감 말이 맞아. 저 아이들은 앞으로도 우리 집에 놀러 올 테니 더 편히 있어."

"네!"

"네!"

영웅담으로만 들었던 영웅들과 직접 대화했다.

두 사람은 그 사실만으로도 날아갈 것 같았다.

거실은 아이들이 사용하고 있으니 어른들은 식탁이 있는 방으로 이동해 월포드 가와 웰슈타인 후작가, 마누엘 백작가의 교류를 시작했다.

그 무렵 거실에 있는 아이들은……

"오오…… 마왕님께서 말을 걸어주셨어……."

"성녀님…… 아름다우셨어요……."

알렌과 크레스타는 소파에 나란히 앉아 신과 시실리를 만났을 때를 떠올리고 있었다.

그렇게 꿈꾸는 듯한 두 사람을 본 실베스터는 쓴웃음을 떠올렸다.

"그렇게 감동할 만한 일이야?"

그 말을 들은 알렌과 크레스타는 실베스터에게 강력히 반론했다.

"바보냐?! 마왕님과 성녀님이잖아! 현대의 영웅, 살아있는 전설이라고!"

"오히려 왜 그렇게 냉정한 건가요?!"

낮은 테이블에 손을 딛고 몸을 내밀며 그렇게 주장하는 두 사람의 기세에 실베스터는 자신도 모르게 주춤했다.

"그렇게 말해도……."

실베스터에게 신과 시실리는 아버지와 어머니, 그 이상도 이하도 아니다.

그러나 그 느낌을 이해할 수 없는 알렌과 크레스타는 공감하지 못하는 실베스터를 믿을 수 없다는 듯이 바라보았다.

"넌 두 분의 영웅담을 들어본 적 없어?"

"저도 그림책과 아동 도서로 읽어본 적이 있을 정도라고요."

신의 이야기는 그 『새로운 영웅 이야기』를 시작으로 어린 이용으로 그림책과 아동 도서, 나아가 신이 그만했으면 좋겠다고 바랐던 연극까지 나왔다.

그러나…….

"읽은 적 없어."

실베스터가 그렇게 말하자 알렌과 크레스타는 믿을 수 없다는 표정을 했다.

알렌과 크레스타는…… 아니, 전 세계의 아이들은 신 일행의 이야기를 담은 그림책을 읽고 들으며 자란다.

남자아이들은 신 일행이 마인들과 사투를 벌여 승리한 사실에 흥분하고, 여자아이들은 신과 시실리의 사랑 이야기를 동경했다.

지금 세대 아이들은 신 일행의 이야기를 무척 좋아한다.

그런데도 동경의 대상인 신과 시실리의 아이인 실베스터는 이야기를 일어본 적조차 없다고 한다.

그 사실을 믿을 수가 없었다.

"어째서?!"

"그야…… 아버지가 부끄럽다면서 책을 안 보여주시거든."

"부끄럽다니……."

알렌과 크레스타에겐 흥분되는 이야기지만, 정작 본인에 게ㄴ 부끄러운 이야기일 뿐이다.

아직 어린 알렌과 크레스타는 그것을 이해하지 못했다.

"뭐, 그 이야기는 모르겠지만 아버지와 어머니가 굉장한 건 알고 있어. 아버지는 하늘 산책에 자주 데려가 주시기도 하거든."

신의 생각을 이해할 수 없어 혼란스러웠던 알렌과 크레스 타는 실베스터의 말에 그 혼란이 날아갔다.

"하늘 산책이라는 게 뭐야?!"

"자, 자세히 알려 주세요!"

실베스터가 말한 처음 듣는 매력적인 단어에 알렌과 크레 스타가 격렬하게 반응했다.

"그건……."

흥분한 두 사람의 기세에 다시 놀란 실베스터는 하늘 산 책에 관해 이야기하기 시작했다.

말하는 동안 차와 과자 등이 나왔고, 그것을 열심히 먹으 며 화기애애하게 담소를 나누다 보니 실베스터가 무언가를 발견한 듯이 시선을 돌렸다.

"응? 왜 그래? 실버."

"어? 아니……."

살짝 곤란한 듯한 실버를 본 두 사람은 실버가 무엇을 보고 있는지 궁금해져 그 시선을 돌려 확인했다.

거기에는······.

"""""······."""""

거실 입구에서 이쪽을 바라보고 있는 앳된 얼굴 넷이 있었다.

"······누구야?"

"아, 아하하······ 동생하고 그 친구."

알렌의 말에 실베스터가 그렇게 답했다.

그렇다, 이쪽을 바라보는 것은 실버의 동생들.

오빠가 처음 보는 아이와 사이좋게 대화하는 것을 부러운 듯이 바라보고 있었다.

"귀, 귀여워요······."

크레스타의 눈에는 자신보다 작은 아이들이 줄지어 이쪽을 바라보는 모습이 너무나도 귀여워서 자신도 모르게 감탄했다.

그리고 어린아이와 이야기해 보고 싶었던 크레스타는 네 사람에게 말을 걸었다.

"이쪽으로 오지 않을래요?"

크레스타가 그렇게 말하자 제일 먼저 샬럿이 달려왔다.

거실 입구에서 뛰어온 샬럿은 말없이 실베스터에게 뛰어들었다.

"앗!"

"샤를! 너무해요!"

샬럿에 이어 옥타비아도 안겼다.

실베스터에게 안긴 두 어린 소녀 뒤에서 맥스와 레인도 조심스럽게 방으로 들어왔다.

"아, 안녕하세요."

"……안녕하세요."

조심스럽게 인사하는 맥스와 레인을 본 알렌은 활짝 웃었다.

"그래! 난 알렌이야. 잘 부탁해!"

맥스와 레인이 자신보다 어리기도 하니 형다운 모습을 보여주기 위해 그렇게 인사한 알렌.

그런 알렌을 보며 흐뭇해진 크레스타도 인사했다.

"크레스타라고 해요. 잘 부탁해요, 맥스 군, 레인 군."

가녀린 미소녀인 크레스타가 인사하자 맥스와 레인은 얼굴을 붉히며 고개를 숙였다.

"으, 응."

"……잘 부탁해요."

그 모습을 본 크레스타는 그 귀여운 모습에 내심 몸부림쳤다.

"자, 너희도 인사해야지."

제대로 인사한 맥스와 레인을 본 실베스터가 자신에게 안긴 여자아이들에게 그렇게 말했다.

그러자 샬럿은 살짝 불만스러운 표정으로 알렌과 크레스

타를 보았다.

"……샤를이에요."

토라진 듯이 인사하자 알렌과 크레스타는 좋아하는 오빠가 모르는 사람과 즐겁게 대화하는 모습을 보고 질투했다는 사실을 금세 알아차렸다.

반면 옥타비아는 일단 실베스터에게서 떨어진 뒤 치맛자락을 살짝 들어 올렸다.

"옥타비아입니다."

그렇게 말한 순간, 알렌과 크레스타가 경직됐다.

월포드 가에 놀러 오는 옥타비아라는 이름의 소녀라면 짐작되는 인물은 한 명밖에 없다.

두 사람은 곧바로 소파에서 일어났고 알렌은 손을 가슴에 얹고 무릎을 꿇었으며 크레스타는 옥타비아보다는 세련됐지만 아직은 익숙하지 않은 듯이 치맛자락을 들어 인사했다.

"처, 처음 뵙겠습니다. 옥타비아 님! 웰슈타인 후작가의 장남, 알렌이라고 합니다!"

"처음 뵙겠습니다, 옥타비아 님. 마누엘 백작가의 차녀, 크레스타라고 합니다."

친구 집에 놀러 와서 설마 왕족과 마주하게 될 줄이야.

그런 믿을 수 없는 상황에 두 사람은 혼란에 빠졌지만 필사적으로 고개를 숙였다.

한동안 그러고 있었지만 아무런 말도 돌아오지 않자 걱정이 된 두 사람은 조심스럽게 고개를 들고 옥타비아를 보았다.

그러자 옥타비아는 어리둥절한 얼굴로 두 사람을 보고 있었다.

두 사람은 지금 옥타비아가 어떻게 말해야 좋을지 몰라 한다는 것을 알아차렸지만, 왕족인 옥타비아에게 멋대로 자세를 풀 수도 없었기에 세 사람 사이에 기묘한 침묵이 흘렀다.

그것을 보고 쓴웃음 지은 실베스터가 옥타비아에게 살짝 귀띔했다.

실베스터의 얼굴이 가까워지자 몸을 꼬며 얼굴을 붉힌 옥타비아는 이내 알렌과 크레스타에게 말했다.

"고개를 드세요."

옥타비아가 그렇게 말하자 알렌과 크레스타는 안도하며 일어서서 고개를 들었다.

"알렌, 크레스타 양. 비아는 아직 3살이라 본격적인 매너 교육은 받지 않았어. 그러니까 그렇게 딱딱하게 굴지 않아도 괜찮을 거야."

그럴 수가 있겠냐?! 두 사람은 그렇게 외치고 싶었지만 실베스터의 말에도 어리둥절하는 옥타비아를 보니 왕속이라지만 아직 3살이니 복잡한 매너를 모른다는 말도 이해가 됐다.

그렇다지만 최저한의 예의는 갖춰야 한다.

그렇게 생각한 두 사람은 소파에 앉았지만, 갑자기 옥타비아가 크레스타를 빤히 바라보는 것을 깨달았다.

"저…… 왕녀님, 왜 그러십니까?"

"제가 무슨 실수라도 했나요?"

혹시 소파에 앉아선 안 됐던 걸까?! 두 사람은 그렇게 생각해 벌떡 일어났지만 옥타비아는 전혀 다른 말을 했다.

"당신, 실버 오라버니와 어떤 관계죠?"

그 말에 크레스타가 굳어버렸다.

크레스타는 순간 옥타비아의 말을 이해할 수 없었지만 실베스터의 팔을 붙들고 이쪽을 노려보는 모습을 보고서야 상황을 이해했다.

경계하고 있다!

실베스터에게 접근하는 여자를 경계하고 있다! 3살짜리 어린아이가!

그런 너무나도 귀여운 질투에 크레스타는 내심 몸부림쳤다.

그러나 그것을 표면으로 드러내지 않고 되도록 자상한 표정과 목소리로 옥타비아에게 말을 걸었다.

"실버 군과는 그저 친구일 뿐이에요."

"……정말인가요?"

아직 의심스러운 시선을 보내는 옥타비아를 본 크레스타는 안심시켜 주려고 계속해서 말을 이었다.

"정말이에요. 그리고 제게는……."

크레스타는 거기서 말을 끊고 알렌을 힐끔 보았다.

그리고 소파에서 일어나 옥타비아에게 다가가 살짝 귓속

말했다.

"따로 좋아하는 사람이 있으니까요."

그 말을 들은 옥타비아는 아까 크레스타가 알렌을 힐끔 본 것을 깨닫고 좋아하는 사람이 누구인지를 깨달았다.

"알겠어요."

그렇게 말하고 생긋 웃는 옥타비아를 본 크레스타는 안도의 숨을 내쉬었다.

자국의 왕녀님이 연적으로 인정하기라도 한다면 인생이 끝난 것이나 마찬가지다.

그것을 피할 수 있어 안도했다.

그러나 그것도 잠시뿐.

"그럼 같이 놀아주세요!"

""네?""

갑자기 이야기가 왜 그렇게 된 것인지 알 수 없지만 왕녀님은 갑자기 자신과 놀아달라고 명령했다.

"실버 오라버니를 독차지하는 건 너무해요! 저희도 놀고 싶어요!"

옥타비아가 그렇게 말하사 살럿과 매스, 레이도 두 사람을 바라보았다.

"어? 아······."

"그런 거였군요······."

아무래도 이 아이들은 실베스터를 많이 좋아하는 듯하다.

그런 실베스터를 알렌과 크레스타가 독점하고 있으니 토라져서 상황을 확인하러 온 것이다.

"저기…… 알렌, 크레스타 양, 미안한데 이 아이들도 같이 놀아도 괜찮을까?"

왼팔에 샬럿, 오른팔에 옥타비아를 매단 실베스터가 쓴웃음을 지으며 그렇게 말하자 알렌과 크레스타는 크게 당황했다.

"어…… 왕녀님과……?"

"같이요……?"

어떡해야 좋을지 망설이고 있으니 성인 여성의 목소리가 들렸다.

"죄송하지만 같이 놀아주시면 안 될까요?"

갑자기 들린 그 목소리에 알렌과 크레스타가 고개를 돌리니 간결하면서도 아름다운 옷을 입은, 무척이나 고귀한 여성이 서 있었다.

그 모습을 본 알렌과 크레스타는 다급히 일어나 아까 옥타비아에게 했던 것과 똑같이 인사했다.

"고개를 들고 편히 있으세요. 이곳은 왕성이 아니고 지금의 저는 비아의 어머니로서 따라왔을 뿐이니까요."

아까 알렌과 크레스타의 아버지와 월포드 가 사람이 인사했을 땐 보이지 않았지만, 옥타비아가 있다는 것은 당연히 어머니인 엘리자베트도 있다는 뜻이다.

그리고 그것은 엘리자베트만이 아니다.

"미안해, 실버. 아이들이 실버의 친구들이 궁금했나 봐."

그렇게 곤란한 듯이 말한 사람은 맥스의 어머니인 올리비아다.

"레인도 얌전히 있을 줄 알았는데 의외로 궁금했었나 보군요."

그렇게 말한 사람은 레인의 어머니인 크리스티나다.

그다지 표정에 감정이 드러나지 않는 레인이 실버의 친구를 신경 쓰는 모습이 신기했던 모양이다.

"미안해, 알렌 군, 크레스타 양. 모처럼 놀러 왔는데 방해해서."

어른들의 이야기가 끝났는지 시실리도 함께 있었다.

"아, 아니요! 그건 전혀 상관없는데요……."

"저…… 저희가 왕녀님과 함께 놀아도 괜찮을까요?"

두 사람이 당황한 것은 실버와의 교류를 방해했기 때문이 아니라 자신들이 왕족과 함께 놀아도 괜찮은 것인지 판단할 수 없었기 때문이다.

알렌과 크레스타의 망설임에 엘리자베트가 생긋 웃었다.

"당연히 괜찮죠. 오히려 아이들을 상대해 준다면 무척 고맙겠어요. 부탁해도 될까요?"

이전 공작 영애이자 현 왕태자비인 엘리자베트가 부탁한다면 두 사람이 할 수 있는 대답은 정해져 있다.

""네! 기꺼이!""

그 광경을 멀리서 지켜보던 신이 군기가 바짝 들었다고 생각할 정도로 두 사람은 엘리자베트의 부탁을 승낙했다.

그 후, 실베스터를 비롯한 아이들은 정원으로 이동했다.

술래잡기와 숨바꼭질, 구슬 놀이에 푹 빠지기도 하고, 실베스터가 자신에게 뛰어든 맥스와 레인을 부드럽게 받아주고서 살며시 던지기도 하는 등 시끌벅적 즐거워했다.

그 광경을 본 샬럿과 옥타비아도 실베스터에게 다가가다 발라당 넘어져 웃음을 터뜨리기도 하고 옥타비아는 기다렸다는 듯이 실베스터에게 달라붙어 떨어지지 않았다.

그리고 그것을 본 알렌과 크레스타가 안절부절못하고 그 틈에 맥스와 레인의 기습을 받아 둘 다 넘어지기도 했다.

그야말로 모든 체력을 소모해서 놀았다.

이윽고 체력의 한계가 온 샬럿이 잔디 위에 누워 잠이 들었고, 다른 아이들도 차례차례 꿈나라로 떠났다.

옥타비아는 약삭빠르게도 실베스터의 품에서 잠들었다.

무한히 이어질 것만 같았던 아이들의 체력이 떨어진 것을 확인한 알렌과 크레스타는 안도의 숨을 내쉬었다.

"둘 다 미안. 아이들하고 같이 놀아주게 돼서."

실베스터는 미안하다는 얼굴로 힘겨워하는 알렌과 크레스타에게 그렇게 말했다.

"아니, 그건 상관없는데…… 그거, 괜찮은 거야?"

알렌이 그렇게 말한 것은 실베스터가 잔디 위에 앉아 옥타비아를 안고 있었기 때문이다.

아직 6살인 실베스터가 3살인 옥타비아를 안은 채 일어설 수 없었기에 그러고 있었는데, 왕녀인 옥타비아를 안은 건 불경죄에 해당하지는 않을지 걱정된 것이다.

"어? 뭐가?"

영문을 모르겠다는 듯이 그렇게 말한 실베스터에게 알렌은 체념한 듯이 한숨을 쉬었다.

"그렇구나…… 그렇겠네…… 여긴 월포드 저택이니까……."

"응? 잘 모르겠지만…… 알렌, 미안한데, 어머니들을 불러주지 않을래?"

"내, 내가?!"

"응. 난 지금 움직일 수 없으니까."

실베스터의 말은 잠든 아이들을 이대로 둘 수 없기에 어머니들을 불러달라는 뜻이었다.

다시 말해 성녀님과 왕태자비님을 불러와 달라는 뜻이기도 하다.

너무나도 중대한 역할에 자신도 모르게 목소리를 높였던 알렌은 평소와 똑같은 실베스터를 보고서 다시 한숨을 쉬었다.

"……알았어."

"미안."

"아, 알렌 군, 저도 같이 갈게요."

"응, 그래주면 고맙겠어……."

혼자 가는 것보다 둘이 가는 편이 정신적 피로가 적다.

크레스타의 제안에 알렌은 살았다는 표정으로 그렇게 말했고, 둘이서 어머니들이 있는 곳으로 떠났다.

"……하아, 피곤해……."

"……그러게요."

"그 맥스라는 아이는 그거지? 빈 공방의 후계자라는……."

"네. 그리고 레인 군이라는 아이도 차기 마법사단장의 아이 아닐까요?"

"그리고 무엇보다……."

"왕녀님……."

크레스타가 그렇게 말한 후 한동안 둘이서 아무 말 없이 깊은 한숨을 쉬었다.

"역시 월포드 가, 정말 굉장한 곳이야……."

"마음 편히 놀러올 곳이 아니었네요……."

알스하이드 제일, 아니, 세계 제일로 유명한 집으로 놀러 갈 수 있게 되어 들떴던 기분이 사라졌다.

그 대신 『월포드 가는 무서운 곳』이라는 인식이 생겼다.

앞으로 가볍게 놀러 가도 되는지 물어보지 말자.

그렇게 결심한 알렌과 크레스타는 어머니들을 부르러 갔다.

그렇게 그들의 월포드 저택 방문은 끝났지만, 돌아가기 직전 두 사람은 믿을 수 없는 말을 들었다.

"알렌 군, 크레스타 양, 또 놀러와요."

"비아가 많이 따르는 것 같으니 꼭 부탁해요."

성녀와 왕태자비가 또 와달라고 부탁했다.

그런 부탁을 받은 알스하이드 왕국 귀족가 두 사람은…….

"아, 네!"

"알겠습니다."

그렇게 대답할 수밖에 없었다.

되도록 월포드 가에는 놀러오지 않겠다고 맹세한 지 얼마 되지도 않았는데 일찌감치 없는 일이 되어버렸다.

또 이런 조마조마한 경험을 해야하는 건가…….

알렌과 크레스타가 집으로 가는 마차 안에서 절망에 휩싸여 있을 때, 그 옆자리에선 두 사람의 부모가 전설적인 영웅과 잔뜩 대화한 사실에 싱글벙글한 표정이었다.

"안녕하세요, 알렌 님."

"응, 좋은 아침, 크레스타."

월포드 가 방문 다음 날 아침, 학원 교실에서 크레스타가 알렌에게 인사했다.

그 모습을 본 반 아이들이 술렁였다.

지금까지 크레스타가 알렌에게 말을 걸 때는 긴장하며 호흡을 가다듬고 마음을 굳힌 뒤에야 말을 걸었다.

그런데 오늘은 너무나도 자연스럽게 인사를 나눴다.

혹시 이 두 사람의 사이에 진전이 있었나?

반 아이들은 말로 꺼내지는 않았지만 저마다 똑같은 생각을 했다.

그것이 일반 평민이 다니는 학원이라면 남자들이 잔뜩 놀려대는 분위기가 됐겠지만, 이곳은 귀족 자녀가 많이 다니는 학원.

장래의 파트너를 찾는 것은 상당히 중요한 일이니 이런 일로 야유하지 않는다.

그래서 반 아이들은 알렌과 크레스타를 온화하게, 그리고 기대에 찬 눈으로 지켜보았다.

그러나 정작 본인들은 그런 생각이 전혀 아니었다.

이렇게 편히 대화할 수 있게 된 것은 시련이라 할 수 있는 사건을 함께 극복한 두 사람 사이에 묘한 동지 의식이 싹텄기 때문이다.

따라서 두 사람의 대화도 어제 있었던 일에 관해서였다.

"어제는 큰일이었어요⋯⋯."

"그래⋯⋯ 진짜 힘들었어⋯⋯. 나도 모르는 사이에 돌아오는 마차 안에서 곯아떨어졌더라고."

"저도 체력적이나 정신적이나 피곤했어요⋯⋯."

"⋯⋯또 오라는 말을 들었지."

"그랬죠⋯⋯."

두 사람은 그렇게 말하고선 똑같이 한숨을 쉬었다.

알렌은 실베스터의 집에 놀러 가면 신과 시실리를 만날 수 있을지도 모른다는 옅은 기대를 품고 있었다.

크레스타는 애초에 알렌과 함께 놀러가고 싶다는 생각이 첫 번째였다.

그 행선지가 월포드 가이다 보니 크레스타도 살짝 기대했었다.

단지 그것뿐이었다.

그리고 그 기대가 이루어졌다.

그러나 왕녀님과 왕태자비님은 예상 밖이었다.

사전에 아무런 준비도 없이 왕족과 만나게 되는 것은 진정으로 사양하고 싶다.

처음엔 그 유명한 월포드 가에 들어가게 되어 즐거운 마음으로 실베스터와 대화를 나누던 두 사람은 왕녀님과 왕태자비님이 찾아온 이후 마음의 걱정이 끊이질 않았다.

무척 영광이기는 하지만…….

"……제가 옥타비아 전하에게 실례되는 행동을 한 건 아니죠?"

"아마도. ……나는?"

"괜찮을…… 거예요."

두 사람은 왕족과 만나는 것이 처음이었다.

그래서 실수하지는 않았는지 신경 쓰여 참을 수가 없었다.

오늘 갑자기 왕가에서 옥타비아 님의 기분을 상하게 했다고 연락이 올지도 모른다.

어제부터 그런 생각이 들어 도저히 편히 쉴 수가 없었다.

그래서 전과는 다르게 자연스럽게 대화를 시작한 것인데 어째서인지 침통한 얼굴인 두 사람을 본 동급생들은 의아한 표정이 됐다.

"안녕."

반 아이들이 당황하고 있을 때 실베스터가 등교했다.

실베스터는 교실에 들어온 순간 반의 분위기가 이상하다는 사실을 깨달았다.

"응? 무슨 일이야?"

"아! 실버!"

"안녕, 알렌. 이게 다 무슨 일이야?"

실베스터는 무슨 일인지 근처 반 아이에게 물으려 했지만 실베스터를 발견한 알렌이 큰 소리로 인사했기에 그쪽에 물어보기로 했다.

그러나 질문을 받은 알렌은 고개를 갸웃했다.

"뭐가?"

"어? 뭔가 교실 분위기가 이상하지 않아?"

"그래? 그것보다 좀 물어보고 싶은 게 있는데."

"응."

자리에 앉아있는 알렌은 진지한 표정이었다.

그 옆에 있는 크레스타도 마찬가지였다.

"그게 말이지…… 어제 우리가 가고 나서 옥타비아 님께서 뭔가 말씀하시진 않았어?"

알렌과 크레스타는 아이들이 잠든 사이에 집으로 돌아갔다.

그래서 옥타비아가 일어난 뒤 뭔가 불만을 늘어놓지는 않았을지 걱정되어 참을 수가 없었다.

알렌의 입에서 옥타비아의 이름이 나오자 반 아이들이 경악했다.

어째서 왕녀님의 이름이?!

그렇게 생각했지만 알렌은 이 반에서도 최상위의 후작가.

자세한 이야기를 물어볼 수는 없지만 알렌과 크레스타도 신경 쓰이기에 다들 세 사람의 대화에 귀를 기울였다.

즉, 이때 세 사람의 대화는 주위에서 전부 듣고 있었다.

그 사실을 깨닫지 못한 실베스터는 그렇게 말하며 고개를 갸웃했다.

"응. 옥타비아 님이 우리에 대해서 뭐라고 말하진 않았어?"

"너희를? 아, 그러고 보니."

"어?! 뭐라고 말하긴 한 거야?!"

"뭐라고, 뭐라고 말씀하셨나요?!"

어제 옥타비아가 일어난 후를 떠올리고 있으니 알렌과 크레스타가 굉장한 기세로 실베스터에게 물었다.

"그야…… 같이 놀아줘서 즐거웠는데 고맙다고 말하지 못해서 아쉬워했어."

그 말을 들은 두 사람은 안도의 한숨을 내쉬었다.

"그, 그렇구나."

"다행이에요……."

"응? 뭐가 다행인지는 모르겠지만 다음에 고맙다고 전하고 싶으니 또 집으로 부르라는 말을 들었어."

""……!""

안도하자마자, 실베스터가 한 말에 두 사람은 충격을 받았다.

고맙다고 전하고 싶으니 또 집으로 부르라니.

그 말은 즉 옥타비아가 확실히 있을 때 다시 월포드 가에 가야 한다는 뜻이다.

그리고 옥타비아는 3살밖에 안 되는 어린아이다.

당연히 어머니도 따라온다.

왕태자비가.

"그러니까 다음에 또 놀러와. 그때는 내 방도 안내할게."

사실은 어제 안내할 생각이었지만 아이들이 난입한 탓에 보여줄 수 없었다.

실베스터는 그것을 만회하고 싶었기에 기쁜 마음으로 그렇게 말했다.

이제는 되도록 가고 싶지 않았던 월포드 가에 이렇게 빨리 초대받게 될 줄은 꿈에도 몰랐던 알렌과 크레스타는 어색한 미소를 지을 수밖에 없었다.

그런 두 사람을 실베스터가 알 수 없다는 듯이 바라보았다.

그리고.

그런 실베스터를 험악한 눈으로 지켜보는 동급생들이 있었다.

그것은 실베스터가 알렌과 크레스타를 다시 집으로 초대한 날의 낮에 일어났다.

"야, 월포드."

점심시간, 급식을 먹고 화장실에 간 실베스터는 돌아오는 길에 다수의 남학생에게 둘러싸였다.

실베스터는 둘러싸여서도 그들을 냉정히 관찰해 그들이 동급생이고 아마 백작가와 자작가의 아이들이라고 했던 것을 떠올렸다.

"왜?"

실베스터가 냉정할 수 있는 것은 어렸을 때부터 신에게 무술을 배웠기 때문이다.

일로 바쁜 신을 대신해 크리스티나와 미란다, 때로는 검성이었던 미셸까지 실베스터를 가르쳤다.

실베스터가 신처럼 키울 생각이냐며 멜리다가 투덜거렸지만 월포드 가의 아이인 이상 위험이 따르기 마련이기에 지금도 호신술을 배웠다.

그래서 초등학원 1학년에게 둘러싸여도 딱히 무섭지 않았다.

그렇게 냉정히 대응했지만 둘러싼 동급생이 묘하게 히죽거리는 것이 신경 쓰였다.

대체 무슨 일인지 물으려 할 때, 충격적인 말을 들었다.

"야, 너. 월포드 가의 진짜 아이도 아니면서 잘난 척 말라고."

그 말을 들은 순간 실베스터의 생각이 멈췄다.

"······어?"

넋이 나간 듯이 그렇게 중얼거린 실베스터의 귀에 둘러싼 동급생들의 웃음소리가 울렸다.

"무식하긴! 그런 것도 몰랐냐?!"

"우린 다 안다고! 너는 마왕님과 성녀님의 양자라는 걸! 주워온 아이 주제에!"

"그런 녀석이 왕족과 친하다고 자랑하다니 건방져!"

저마다 그렇게 매도하는 동급생들의 말이 실베스터의 마음에 깊게 파고들었다.

건방지다는 말 때문이 아니다.

자신이 아버지 신과 어머니 시실리의 아이가 아니라는 말 때문이었다.

그리고 지금까지 의아해하지 않았지만 샬럿과 숀을 떠올렸다.

샬럿은 아버지인 신을 닮은 얼굴에 머리가 검다.

최근 이목구비가 뚜렷해진 숀은 어머니인 시실리를 닮은 얼굴에 푸른 머리였다.

그런데 자신은 어떤가?

부모를 닮지 않은 은발, 얼굴도 그다지 비슷하지 않았다.

지금까지 부모에게 사랑받고 자랐다고 자부하기에 의심해 본 적도 없다.

만약 그게 사실이라면…….

충격을 받은 실베스터의 얼굴이 창백해졌다.

"이제 알겠냐?!"

"주제 파악 좀 해라!"

"주워온 녀석이!"

그것을 본 동급생들은 속이 좀 시원해졌는지 욕설을 퍼부으며 떠났다.

실베스터는 한동안 넋이 나갔지만 이내 비틀거리며 교실로 돌아갔다.

"응? 늦었잖아, 실버. ……야, 왜 그래?!"

교실에 돌아온 것을 보고 말을 건 알렌은 평소답지 않은 실베스터의 모습에 목소리가 다급해졌다.

"어?"

"어, 는 무슨! 얼굴이 창백하잖아!"

알렌이 그렇게 말하자 반 아이들의 시선이 실베스터에게 집중됐다.

그 시선 속에는 아까 실베스터에게 폭언을 퍼부은 학생들도 있었고, 그들은 히죽거리는 얼굴이었다.

그러나…….

"실버 군?! 괜찮아?!"

"큰일이네! 빨리 구호실로 가야 해!"

"내, 내가 데려다줄게!"

여학생들이 놀라며 말을 걸자 히죽거리던 동급생들의 얼굴이 굳어졌다.

"미안하지만 구호실엔 내가 데려갈게. 어쩌면 조퇴할지도 모르니까 누가 실버의 짐을 가져다줄래?"

알렌이 실베스터를 부축하며 그렇게 말하자 이번엔 실베스터의 짐을 두고 여자아이들이 쟁탈전을 벌였다.

실베스터에게 악담을 퍼부은 아이들은 그 모습을 지켜보며 왜 주워온 아이가 저렇게 인기가 많은 거냐며 속으로 분개했다.

그리고 실베스터가 인기가 많은 것은 마왕 신과 성녀 시실리의 아이라고 모두가 착각하고 있기 때문이라고 결론지었다.

잘못된 것은 올바르게 고쳐야 한다.

그들은 그것이 진실이라고 믿었다.

얼마 후 알렌이 실베스터를 구호실로 데려갔고, 상태를 확인한 구호실 의사는 조퇴하는 편이 좋겠다고 판단해 월포드가에 연락했다. 그렇게 실베스터는 마중 나온 마차를 타고 조퇴했다.

"실버, 괜찮으려나."

"딱하기도 하지, 실버 군……."

그것을 지켜본 알렌과 쟁탈전에서 승리한 여학생은 그렇

게 대화하며 교실로 돌아왔다.

교실에 들어서니 주로 여학생들이 실베스터의 상태를 묻기 위해 알렌과 여학생에게 다가왔다.

바로 그때, 교실에 큰 목소리가 울렸다.

"다들 속지 마! 실베스터는 월포드 가의 양자야! 주워온 아이라고!"

그렇게 외친 동급생의 목소리에 교실이 조용해졌다.

"실베스터는 성만 월포드일 뿐이지 마왕님과 성녀님의 진짜 아이가 아니야! 그 녀석 비위를 맞출 필요는 없다고!"

그렇게 외친 동급생은 무척이나 만족스러운 얼굴이었다.

모두의 착각을 바로 잡는 정의로운 행동을 했다.

그런 생각과 달성감으로 가슴이 벅차올랐다.

그러나 주위를 둘러봤을 때, 동급생들의 반응은 자신이 생각한 것과는 달랐다.

모두가 차가운 시선으로 바라보고 있었기 때문이다.

특히 여자들은 경멸과 혐오의 시선이었다.

어째서?

그렇게 생각했지만 곧 그 이유가 판명됐다.

"뭐? 그건 이미 알고 있는데?"

"실버 군이 양자인 건 유명한 이야기니까."

"마인왕전역에서 살아남은 『기적의 아이』잖아? 굉장하다니까!"

"옛 제도에서 유일하게 살아남은 실버 군을 마왕님과 성녀님께서 발견하셔서 자신들의 아이로 키우신 거잖아? 뭐가 문제인데?"

"그보다 실버 군이 마왕님과 성녀님의 친아들인지는 상관없어! 실버 군은 실버 군이니까 멋진 거니까!"

"혼자 무슨 착각을 한 거래?"

실베스터를 좋아하는 여자들은 그런 유명한 이야기도 몰랐냐며 경멸의 시선과 말을 보냈고, 이번엔 남학생들이 입을 열었다.

"애초에 양자인 게 뭐가 나쁜데?"

"귀족도 후계자가 없으면 친척 집에서 양자를 받는 경우가 있잖아."

"어? 너희 집은 양자를 주워온 아이라고 차별하는 거야?"

"이거 진짜냐."

귀족 가문 아이가 많은 알스하이드 초등학교에서 양자는 생각보다 흔한 이야기다.

그런데도 그런 차별적인 발언을 하냐며 남자들이 경멸의 시선을 보냈다.

"어…… 아니……."

예상과는 다른 결과에 실베스터에게 폭언을 퍼부은 동급생들은 당황했다.

예상 밖의 사태에 당황하는 몇몇 학생들을 본 알렌은 깨달았다.

그 아이들은 아까 실베스터가 돌아오기 직전에 교실로 들어온 녀석들이라는 것을.

그리고 나중에 들어온 실베스터의 상태가 이상해져 있었다.

"너희……."

알렌은 분노를 억누를 수 없었다.

"힉……."

"실버한테 무슨 짓을 한 거야?!"

"어, 아……."

"솔직히 말해! 실버한테 무슨 짓을 했어?!"

알렌은 아까 실버는 주워온 아이라고 외친 학생의 멱살을 잡고서 얼굴을 들이밀고 소리쳤다.

후작가 알렌의 분노를 산 백작가와 자작가 아이인 그들은 몸을 떨었다.

"아…… 으……."

분노에 찬 알렌은 제대로 말하지 못하게 된 그들을 한동안 노려봤지만 어떤 사실을 깨닫고는 잡았던 멱살을 놓았다.

그리고는 그 자리에 주저앉은 채 일어서지 못하는 학생을 오물을 보는 듯한 시선으로 내려다보았다.

"이 일은 아버님께 보고하겠어. 너희 집에도 항의가 가겠지. 그리고……."

알렌은 얼굴을 찡그리며 말했다.

"구호실에 가서 갈아입을 옷을 빌려와."

그러고는 주저앉아 몸을 떨며 소변을 지린 학생의 곁에서 멀어졌다.

"실버 녀석, 괜찮으려나……."

그렇게 중얼거린 알렌은 조퇴한 친구가 걱정돼서 참을 수 없었다.

교실에서 제일 지위가 높은 귀족인 알렌이 유명하지만 신분은 평민인 실베스터를 옹호하자 남학생들은 존경의 시선을, 여학생들은…….

"실버 군과 알렌 군은 역시……."

"우정? 아니면……."

"꺄아! 내일부터 두 사람이 다르게 보일 것 같아요!"

그런 무서운 대화가 오간 사실을 알렌이 알 리가 없었다.

◆

"아, 이제야 좀 여유로워졌네."

나는 얼티밋 메지션즈 사무실에서 자리에 앉으며 그렇게 중얼거렸다.

담은 예카테리나 씨를 비롯한 각국의 상층부가 뒷일을 맡아주기로 했기에 이제 내가 할 일은 없다.

알스하이드 국내의 사업에선 다양한 직책을 맡았지만 그

대부분이 궤도에 올라 내가 손을 대지 않아도 움직이게 됐다.

내가 지금 할 일은 각종 결제 정도다.

얼티밋 매지션즈의 활동 부대로 파견될 일도 적어져 이제야 여유가 생기기 시작했다.

오늘치 결재 서류에 사인한 나는 사무실을 둘러보았다.

사무실도 직원이 증원되어 인구밀도가 높아졌지만, 직원 한 명의 업무 부담이 줄어 여유로운 분위기가 됐다.

우수한 사무원의 일 처리에 감탄하며 지켜보고 있으니 내 무선 통신기가 울렸다.

"네, 신입니다."

이 시간에 통신기가 울린 것을 보면 일에 문제가 발생했는지도 모른다.

그렇게 생각하고 통신기를 받았는데 연락한 것은 의외의 인물이었다.

『아, 신 군. 일하는 중에 미안해요. 시실리예요.』

지금 육아 휴직 중이라 집에 있는 시실리에게서 온 연락이었다.

"아, 지금 마침 잠깐 쉬려던 참이었으니까 괜찮아. 무슨 일이야?"

『그랬군요. 저…….』

그렇게 시실리가 꺼낸 말을 들은 나는 미간을 찌푸렸다.

"실버가?"

『네. 학원에서 몸 상태가 안 좋다는 연락이 와서 조퇴했는데…… 치유 마법을 걸어도 좋아지지 않아서 어떡해야 좋을지…….』

시실리는 성녀라 불릴 정도로 치유 마법이 뛰어난 마술사다.

그런 시실리의 치유 마법으로 회복되지 않는다.

거기다 그 상대가 우리 아이이니 걱정이 되어 내게 연락했다고.

"시실리의 치유 마법이 안 통했단 말이지……."

『네. 그래서 신 군이라면 뭔가 알지 않을까 해서…….』

통신기에서 들리는 시실리의 힘없는 목소리가 걱정과 불안으로 가득했다.

당연히 나도 실버가 걱정된다.

"알겠어. 지금은 바쁜 일이 없으니 나도 조퇴할게."

『미안해요……. 갑자기 일을 방해한 것 같아서.』

"가족 일인데 방해는 무슨. 그럼 바로 돌아갈게."

『네. 부탁해요.』

통신을 마친 나는 바로 카탈리나 씨에게 말을 걸었다.

"카탈리나 씨."

"네. 왜 그러시죠?"

이제는 얼티밋 매지션즈 사무실의 사무원 대표처럼 된 카탈리나 씨가 바로 내게 다가왔다.

"지금 시실리한테 연락이 왔는데 실버가 몸이 안 좋아서 조퇴했다고 해요.”

“어머, 실버 도련님이요?!”

“네. 시실리의 치유 마법이 통하지 않는 모양이라 걱정되니 오늘은 조퇴할게요.”

내가 그렇게 말하자 카탈리나 씨뿐만 아니라 사무실 전체가 동요했다.

“서, 성녀님의 치유 마법이 통하지 않는다고?!”

“그럴 수가…… 설마 불치병인가요?!”

“설마…… 그런 병이 존재할 줄은…….”

음.

이걸 보면 성녀 시실리의 신뢰도가 상당하네.

그녀의 마법으로도 치료할 수 없는 병과 상처는 어쩔 방법이 없다는 인식일 것이다.

실제로는 그렇지 않은데.

“뭐 그렇게 됐으니 뒷일을 부탁해요.”

“아, 네……. 부디 기운 내세요.”

카탈리나 씨가 비통한 얼굴로 그렇게 말했기에 조금 불안해졌다.

그래서 바로 게이트를 열고 집으로 돌아갔다.

집으로 돌아오니 내 모습을 본 마리카 씨가 달려왔다.

“주인어른!”

“다녀왔어요, 마리카 씨. 실버는요?”

"방에서 쉬고 계십니다."

"시실리도요?"

"네. 곁에 계십니다."

"알겠어요."

나는 그렇게 말한 뒤 실버의 방으로 갔다.

실버의 방문을 두드리니 안에서 시실리가 대답하는 목소리가 들렸다.

살며시 문을 여니 안에는 침대에 누운 실버, 침대 옆 의자에 앉은 시실리와 그 무릎 위에 앉은 샤를이 있었다.

"아빠!"

나를 본 샤를이 시실리의 무릎에서 내려와 내게로 달려왔다.

"아빠! 오빠가 죽을 거야! 오빠 좀 살려줘!"

샤를은 슬픔에 찬 얼굴로 눈물을 흘리며 내게 애원했다.

좋아하는 오빠가 걱정돼서 어쩔 줄 모르는 듯했다.

나는 샤를을 안고서 안심시키려고 등을 살며시 두드려 주었다.

"괜찮아. 아빠가 구해줄 테니까."

"정말?"

"응. 그러니까 안심해."

"응!"

내가 그렇게 말하자 샤를은 눈물을 쓱쓱 닦고서 끄덕였다.

침대에 누운 실버에게 다가가 시실리에게 상황을 물었다.

"몸에 이상은?"

"그게…… 온몸을 꼼꼼히 확인했지만 어디도 나쁘지 않아요. 하지만 안색이 확실히 나쁘고 몸 상태도 좋지 않아서……."

시실리는 치유 마법을 쓰기 전에 내가 알려준 스캔 마법으로 환부를 조사할 수 있다.

지금은 그 정확도가 상당해져서 시실리가 이상을 발견하지 못했다면 몸에 이상이 없을 것이다.

그렇다면…….

"실버, 일어나 있어?"

내가 말을 걸자 침대에 누웠던 실버가 곰실곰실 몸을 움직여 이쪽을 보았다.

그 안색이 창백해 몸이 안 좋다는 것을 한눈에 알 수 있었다.

이건 무슨 일이 있었는지 서둘러 알아봐야 한다.

그래서 실버에게 물었다.

"학원에서 무슨…… 안 좋은 일이라도 있었어?"

몸에 이상이 없다면 정신적인 원인일 것이다.

그러니 학원에서 실버가 이렇게 될만한 일이 있었을 것이다.

그렇게 생각하고 물었는데 아무래도 정답이었는지 실버가 몸을 움찔 떨었다.

나는 실버의 마음을 달래주려고 침대에 앉아 실버의 머리를 쓰다듬었다.

그 순간, 실버의 몸이 경직됐다.

"실버?"

"……."

마치 나를 거절하는 듯한 반응에 놀라 실버에게 말을 걸었지만 아무런 반응이 없었다.

억지로 캐묻는 것은 좋지 않을 거라고 생각한 나는 그저 묵묵히 실버의 머리를 쓰다듬었다.

시실리와 샤를도 분위기를 보고 얌전히 있었기에 한동안 말 없는 시간이 흘렀다.

얼마나 그러고 있었을까. 몸에서 긴장된 힘이 빠진 실버가 이쪽을 보았다.

"……아버지."

"응? 왜 그래?"

무언가를 말하고 싶다.

하지만 말할 수 없다는 표정으로 나를 보는 실버.

무슨 일인지 묻고 싶지만 여기서 서둘러선 안 된다.

나는 실버가 말하고 싶어질 때까지 머리를 쓰다듬으며 가만히 기다렸다.

그러자 드디어 결심했는지 실버가 입을 열었다.

"아버지…… 나…… 아버지의 아들이 아니야?"

……그런 거였나.

마인왕전역에서 살아남아 나와 시실리에게 거둬진 기적의 아이.

실버가 나와 시실리의 친아들이 아니라는 사실은 일반적으로 잘 알려진 사실이다.

그러나 나와 시실리가 등장하는 이야기는 부끄러워서 아이들에게 보여주지 않았기에 실버는 그 사실을 아직 몰랐다.

나와 시실리를 부모로 생각하는 실버에게는 그 사실이 무거울 테니 알려줄 시기에 관해선 신중하게 생각하고 있었다.

"……누구한테서 들었어?"

"학원의 동급생한테서…… 주워온 아이 주제에 나대지 말라고……."

"……."

그런 말을 한 녀석은 누구야?

어떻게 해줄까…….

"아, 아버지?"

"……아빠, 무서워."

"아, 미안."

내가 그 상대를 어떻게 할지 고민하고 있으니 아이들이 겁에 질렸다.

후우, 이러면 안 돼. 상대는 아이니까.

여기선 그렇게 교육한 부모에게 엄중한 항의를…… 아니, 아니, 지금은 실버가 먼저다.

"실버."

"……."

내가 말을 걸자 실버는 말없이 나를 바라보았다.

나는 숨을 내쉬고서 실버에게 말했다.

"확실히 실버는 나와 시실리의 아이가 아니야."

"……!"

내가 그렇게 말하자 실버는 얼굴을 찡그리며 눈물을 글썽였다.

충격이었겠지.

그래서 나와 시실리도 알려줄 기회를 엿보고 있었는데…….

그러나 이미 알게 됐으니 어쩔 수 없다.

나는 일반적으로 알려진 실버의 사실을 알려주기로 했다.

"실버. 실은 실버가 우리의 아이가 아니라는 건…… 일반적으로 대부분 아는 이야기야."

"……어?"

실버에겐 충격적이겠지만 실은 일반적으로 널리 알려진 사실이라는 이야기에 눈이 휘둥그레졌다.

"아빠와 엄마 이야기를 담은 책이 있다는 건 알지?"

"응. 아버지와 어머니가 부끄럽다면서 보여주지 않았던 책."

"아, 뭐, 그건 그런데. 사실 그 책에 갓난아이였던 실버도 나와."

"……어?!"

이번엔 깜짝 놀라는 실버.

그야 놀라겠지. 자신이 모르는 사이에, 모르는 자신이 책에 등장한다고 하면.

나는 그 책에 적힌…… 사실과는 조금 다르지만 일반적으로 알려진 이야기를 실버에게 했다.

빈사 상태의 어머니…… 밀리아에게서 실버를 맡은 사실을 솔직하게 알려주었다.

갓난아이의 이름을 실베스터라고 지은 것.

행복하게 해달라고 부탁받은 것.

그것을 시실리가 승낙해 자신의 아이로 키우기로 결의한 것.

그 결정에 나도 동의한 것.

이후 나와 시실리는 최선을 다해 실버를 키웠다고 알려주었다.

내가 말하는 동안 실버는 가만히 내 이야기를 들었다.

"실버는 너무 어려서 기억하지 못하겠지만 실버의 친어머니는 실버를 무척 사랑하셨어. 우리는 그 역할을 이어받은 거야."

"……."

실버는 학원에서 『주워온 아이』라는 말을 듣고 상처받은 듯했다.

그렇다면 실버는 주워온 아이가 아니라, 실버를 사랑하던 어머니로부터 자신이 죽기 직전에 실버를 행복하게 해달라는 부탁을 받았다고 알려주는 것이 중요할 것 같았다.

내 말을 들은 실버는 아까까지 우리를 거절하는 느낌이 사라지고 무언가 생각에 잠긴 표정이 됐다.

아마 내 이야기를 실버 나름대로 소화하려는 것이겠지.

"저기, 실버."

"……응?"

"우리는…… 아빠하고 엄마는 실버의 아빠하고 엄마가 아니었어?"

"그, 그렇지 않아!"

내 질문에 실버는 반사적으로 부정했다.

다행이다.

우리는 실버를 친자식처럼 키웠다.

그 애정은 실버에게 반드시 전해졌을 것이라고 확신했었다.

그렇기에 그렇게 물었다.

만약 여기서 「뭔가 좀 다르다」는 말을 듣는다면 분명 며칠은 제정신이 아닐 것이다.

실버는 자신도 모르게 부정한 사실이 부끄러웠는지 빨개진 얼굴을 푹 숙였다.

계속 아버지, 어머니라고 생각한 인물이 그렇지 않다는 것을 알게 되어 당황하고 혼란스러웠을 것이다.

그것이 몸 상태가 안 좋아질 정도로 겉으로 드러난 것이다.

그 증거로 지금은 실버의 안색이 많이 좋아졌다.

음, 하지만 아직은 모든 걸 받아들인 게 아닌 것 같네.

그렇다면 마지막 한 마디를 덧붙여볼까.

"실버, 그거 알아?"

"뭐를?"

"아빠하고 할아버지, 할머니는 말이지."

"응."

"피가 이어지지 않았어."

"거짓말!"

내 고백을 들은 실버가 경악한 표정으로 소리쳤다.

실버가 우리와 피가 이어지지 않았다는 걸 알았을 때보다 더 놀라는 것 아니야?

안심시키려고 고백한 건데 뭔가 좀 석연찮네…….

그러자 우리를 보던 시실리가 가볍게 웃으며 실버의 머리를 쓰다듬었다.

"신기하지? 하지만 사실이란다."

"어? 정말? 정말로 정말이야?!"

"그럼. 아빠가 갓난아이 때 마물의 습격을 받은 마차 안에서 멀린 할아버님께서 유일한 생존자였던 아빠를 발견해 키워주셨어."

"저, 정말이었구나…… 그렇게나 닮았는데…….."

어? 그렇게 말할 정도로 닮았나?

"그, 그럼 예카테리나 할머니하고는?"

"아니야. 할아버지와 할머니의 진짜 딸도 아니지. 내 진짜 부모님은 누구인지도 몰라."

"그럴 수가……."

실버는 그렇게 말하고 또 풀이 죽었다.

이건 예카테리나 씨가 진짜 할머니가 아니라서 아쉬워하는 건지, 아니면 내 부모님이 누구인지 알 수 없다는 사실이 충격이었던 걸까?

……양쪽 다겠지.

"나와 시실리도, 할아버지와 할머니도, 예카테리나 씨도, 모두가 실버를 친아들이라고, 손자라고, 증손자라고 생각하고 키웠어. 그건 너한테도 전해졌지?"

"……응."

"그럼 아무런 문제 없지. 실버는, 실베스터 윌포드는 나와 시실리의 아들이고 예카테리나 씨의 손자고 멀린 헐아버지와 멜리다 할머니의 증손자라고 당당히 말하면 돼."

내가 그렇게 단언하자 실버는 조금 주저한 후 조심스럽게 우리를 올려다보았다.

"……그래도 돼?"

쭈뼛거리며 그렇게 묻는 실버에게 나는 가슴이 두근거렸다.

"그럼!"

"물론이란다!"

"으앗!"

시실리도 나와 같은 생각이었는지 실버를 힘껏 안아주었다.

나도 그런 두 사람을 동시에 안았다.

두 아이를 낳고 더 풍만해진 가슴에 파묻힌 실버가 괴로워하지만, 지금은 잠시 참아달라고 하자.

피는 이어지지 않았지만 마음은, 인연은 이어졌다는 사실을 다시 확인할 수 있어서 행복하니까.

그렇게 셋이서 안고 있으니 불만스러운 목소리가 울렸다.

"샤를도!"

"""어?"""

어느 틈에 의자 위에 일어선 샤를이 우리를 향해 뛰어들었다.

"우와앗!"

어린아이여서 그런지 뒷일을 생각하지 않고, 문자 그대로 뛰어들었다.

다급히 뛰어든 샤를을 안아주니 그 뺨이 빵빵하게 부풀어 있었다.

"샤를! 위험하잖아!"

"오빠만 치사해! 샤를도 꼭 안을래!"

내 주의를 듣지도 않고 토라진 얼굴을 휙 돌리며 그렇게 말한 샤를.

샤를만 빼고 셋이서 안고 있었으니 질투가 났나 보다.

지금 화났다는 표정으로 고개를 돌린 샤를이 너무 귀여워서 나도 모르게 웃음이 나왔다.

"저기, 샤를."

"……."

대답이 없지만, 뭐 상관없나.

"샤를은 오빠를 좋아해?"

내가 그렇게 묻자 토라졌던 표정이 풀리고 어리둥절하게 나를 바라본 뒤 실버를 보았다.

그러고는 샤를을 잡고 있던 내 손에서 몸을 틀어 탈출해 실버를 껴안았다.

"와아!"

침대 위에 몸을 일으킨 상태로 샤를에게 안긴 실버는 미처 지탱하지 못하고 그대로 쓰러졌다.

그렇게 실버를 쓰러뜨린 장본인은 실버의 가슴에 뺨을 비빈 뒤 생긋 웃으며 말했다.

"진짜 좋아!"

그런 너무나도 순수한 샤를의 말에 실버는 잠시 어안이 벙벙한 얼굴을 했지만 이내 그 표정이 미소로 바뀌었다.

"샤를."

"응?"

"나도 샤를이 정말 좋아."

"이히히."

좋아하는 오빠에게 좋아한다는 말을 들은 샤를은 기쁜 표정으로 웃었다.

그런 샤를을 확인한 실버는 이번엔 우리를 보았다.

"······아버지."

"응?"

"어머니······."

"왜?"

우리를 부른 뒤 고개를 살짝 숙인 실버.

그 뺨이 점점 붉어졌다.

그리고······.

"······좋아해."

"샤를도!"

실버는 새빨개진 얼굴로 그렇게 말했고 샤를도 동의했다.

귀여워······!

우리 아이들, 죽을 만큼 귀여운데?!

그 귀여움에 다시 감동한 시실리가 두 사람을 안았고, 나도 그 위에서 안았다.

네 가족이 서로를 꼭 안았다.

그 광경에 샤를은 웃었고 실버는 부끄러워했으며 나와 시실리는 과도한 행복에 미소 지었다.

그때 근처 방에서 숀의 울음소리가 들렸다.

"숀이 울고 있어!"

이제는 어엿한 누나가 된 샤를이 그렇게 외치자 시실리는 포옹을 풀고 자리에서 일어났다.

"어머나, 혼자만 따돌려서 우는 걸까?"

시실리는 웃으며 그렇게 말하고 숀이 있는 방으로 갔다.

"응?! 숀을 따돌린 적 없어! 오빠! 가자!"

샤를은 그렇게 말하고는 실버의 손을 잡았다.

"……이제 괜찮아?"

샤를에게 이끌려 침대에서 일어난 실버는 나를 보고 생긋 웃었다.

"응."

그 얼굴을 보고서 이젠 괜찮을 거라고 확신했다.

"빨리!"

"알았으니까 당기지 마."

서두르는 샤를과 그것을 달래는 실버.

전과 똑같은 평소대로의 광경.

나도 두 사람을 따라 숀이 있는 방으로 갔다.

거기엔 시실리가 숀에게 밥을 먹이고 있었고, 그 모습을 샤를이 흥미롭게 바라보았다.

실버는 어머니라지만 여성의 가슴을 보는 것이 부끄러운지 눈을 들겼지만 시실리의 곁에 있있다.

그것은 무척이나 훈훈하고 행복한 광경이었다.

이 광경은 실버가 자신의 일을 받아들이고 극복해서 얻을 수 있었던 것.

더할 나위 없이 귀중한 광경처럼 보였다.

그럼…… 사실은 이런 식이 아니라 제대로 된 자리를 마련해서 알려주려고 했는데.

이런 일을 저지른 녀석들을…… 어떻게 해줄까.

일단 항의해둘까?

◆

실베스터가 조퇴한 다음 날, 알렌은 교실에 등교해 불만스러운 표정으로 실베스터의 자리 옆에서 팔짱을 끼고 서 있었다.

자리에 앉은 실베스터는 어쩔 줄 몰라 하는 표정이었다.

그 이유는 그들 앞에 어제 험담했던 반 아이들이 모여 고개를 숙였기 때문이다.

"저기…… 미안했어, 월포드."

"미, 미안……."

그들은 그렇게 사과했지만 얼굴은 어딘가 내키지 않는 표정이었다.

다시 말해 마음이 담기지 않았다.

이런 형태뿐인 사과에 의미가 있을까?

그렇게 생각했지만 사과한 것도 사실.

그리고 실베스터가 아무 말도 하지 않으니 알렌이 끼어들 수도 없다.

그래서 알렌은 불쾌했다.

애초에 이 반 아이들이 실베스터에게 사과하는 것은 집에서 아버지에게 혼났기 때문.

어제 알렌은 아버지 웰슈타인 후작에게 학원에서 있었던 일을 보고했다. 그 말에 지난번 월포드 가에 초대받은 이후 월포드 신자가 되어버린 웰슈타인 후작이 격노.

실베스터에게 험담한 아이들의 집에 직접 통신을 연결했다.

참고로 신은 실베스터에게 험담한 아이가 누구인지 듣지 못했기에 항의하지 않았다.

어쨌든 웰슈타인 후작은 『댁에선 양자를 주워온 아이라고 부르며 차별하는가? 하물며 그 말을 기적의 아이인 실베스터에게 하는 건 있을 수 없는 일. 그 가문과는 앞으로의 관계도 생각해봐야겠군』이라고 항의했다.

자신들보다 지위가 높은 웰슈타인 후작에게서 그런 말을 직접 들은 각 가문의 당주들은 깜짝 놀라며 그런 차별을 하지 않는다, 진위를 확인할 테니 부디 잠시 기다려 달라며 아들들을 불렀다.

그리고 아들이 월포드 가의 양자인 실베스터에게 분명한 차별적 발언을 한 사실이 발각.

당주들은 불같이 화냈고 그중에는 아이에게 체벌을 한 사람도 있었다.

그리고 곧바로 웰슈타인 후작에게 연락해 아들에게 엄중

한 주의와 엄격한 재교육을 약속하니 부디 후작의 분노를 거둬달라고 부탁했고, 아들에게는 학원에 가면 성심성의껏 사과할 것을 명령했다.

그래서 그들은 아침 일찍 실베스터에게 고개를 숙였다.

등교하자마자 이런 상황에 마주한 실베스터는 무척이나 당혹스러웠기에 쓴웃음만 떠올렸다.

가볍게 사과하고 떠나면 될 텐데 실베스터 옆에서 서서 그들을 노려보는 알렌 때문에 허가가 떨어질 때까지 계속해서 고개를 숙였다.

실베스터는 어떡해야 하나 고민했지만, 일단 자신이 뭐라고 말하지 않으면 지금 상황을 수습할 수 없다고 생각해 마음을 굳히고 입을 열었다.

"그…… 이젠 딱히 신경 쓰지 않으니까 괜찮아."

"……정말?"

"응. 그러니까 이제 고개를 들어. 알렌도 그렇게 노려보지 말고."

실베스터는 고개를 숙인 반 아이들과 옆에서 계속 노려보는 알렌에게도 그렇게 말했다.

알렌은 마음에 들지 않는다는 표정으로 실베스터에게 물었다.

"……너는 그거면 돼?"

"확실히 어제는 충격이었지만 이젠 전부 해결했어. 해결한 일로 계속 탓하는 것도 미안하잖아."

실베스터가 그렇게 말하자 알렌이 긴 숨을 내쉬었다.

"뭐, 네가 그걸로 됐다면야……"

"응. 고마워, 알렌."

"아니야. 그것보다 너희."

"""네!"""

자신들보다 지위가 높은 귀족 가문인 알렌이 차가운 시선과 말을 보내자 반 아이들은 속으로 떨면서 차렷 자세로 대답했다.

"실버가 용서한다니까 더 따지지는 않을게. 하지만 너희의 생각은 알스하이드 귀족이 해서는 안 되는 생각이야. ……두 번은 없어."

"""네!"""

"이제 됐어. 그만 가봐."

"""네!"""

후작가 장남으로서 교육받은 알렌의 눈빛은 도저히 초등학원 1학년, 6살 소년의 것이라고 할 수 없었다. 그런 알렌의 지시를 받은 아이들은 빠르게 제자리로 돌아갔다.

그 모습을 지켜본 알렌은 다시 실베스터를 보았다.

"실버, 정말 이렇게 간단히 용서해도 괜찮겠어?"

"응, 괜찮아. 그리고 어제 일이라면 이제 괜찮아. 아버지와 어머니가 사실을 알려주셨으니까."

그 말을 들은 알렌은 아까의 험악한 표정은 어디로 갔는지 흥미진진한 얼굴이 됐다.

"그, 그거 혹시 이야기의 내용을 본인에게서 직접 들었다는 거야?!"

"어? 아, 응. 그렇긴 한데…… 알렌은 내가 월포드 가의 양자라는 걸 알고 있었어?"

"응. 유명한 이야기니까."

"역시 그랬구나."

실베스터가 신과 시실리의 양자라는 사실이 유명하다는 사실은 어제 들었지만, 알렌의 담백한 답변에 사실이라는 것을 실감했다.

"나는 전혀 몰랐어."

"아, 그리고 보니 너는 신 님의 이야기를 읽은 적이 없다고 했었지."

'어?!'

알렌의 말에 두 사람의 대화에 귀를 기울이던 반 아이들이 깜짝 놀랐다.

어렸을 때부터 당연하게 읽었던 이야기를 당사자의 아들이 읽은 적이 없다니 믿을 수 없다.

반 아이들의 마음이 하나가 된 순간이었다.

"하지만 아버지가 한 말도 이해돼. 내가 갓난아이 때의 이야기도 실렸다면서?"

"어? 아, 이야기 마지막에 나와. 마인령에서 유일하게 살아 남은 남자아이인데 그 어머니가 신 님에게 맡겼다는 이야기."

"나도 내가 나오는 이야기는 부끄러워서 남에게 보여주고 싶지 않은 것 같으니까……."

실베스터는 그렇게 말하며 알렌을 보았다.

당연하지만 알렌은 물론 반 아이들도 그야말로 책이 닳도 록 읽었다.

반 아이들은 실베스터와 같은 반이라는 것을 알게 된 순 간 그 이야기에 등장하는 남자아이와 같은 반이라는 사실에 남몰래 흥분했었다.

참고로 알렌도 그중 한 명이다.

전에 알렌과 크레스타가 놀러왔을 때 모두가 그 책을 읽었 다는 말을 들었기에 실베스터는 부끄럽지만 이미 늦었다고 포기했었다.

"어제 아버지에게서 그때의 일을 들었어."

실베스터의 그 말에 엿듣던 반 아이들의 몸이 자연스럽게 실베스터와 알렌 쪽으로 기울어졌다.

다들 흥미진진한 모양이었다.

"나를 낳아주신 어머니는 목숨을 걸고 나를 지켜주셨대. 그리고는 나를 부탁한다며 어머니에게 맡겼대. 그래서 나는 주워온 아이가 아니라고 하셨어. 아버지와 어머니의 진짜 아 이라고 해주셨어."

그렇게 말한 실베스터의 얼굴엔 무리하는 느낌이 없었다. 알렌은 그런 실베스터를 보고서 그제야 진정한 의미로 안심했다.

안심하면서 실베스터를 자세히 관찰했다.

고작 하루 만에 실베스터가 조금 어른스러워진 것 같았다.

실제로 그런 실베스터의 분위기에 반 여자아이들은 넋을 놓고 바라보고 있었다.

자신들은 이미 알고 있는 사실이고 직접적인 상관도 없는 일이지만, 당사자에겐 무시할 수 없는 이야기일 것이다.

그것을 극복한 실베스터에게서 정신적으로 성장한 듯한 인상을 받았다.

"그나저나 역시 신 님은 굉장해. 실버를 간단히 기운 차리게 하다니."

"응. 아버지는 굉장해."

그렇게 말한 실베스터의 얼굴엔 신을 향한 존경이 넘쳤다.

알렌은 아버지를 그렇게까지 존경할 수 있다니 굉장하다고 생각했다.

자신도 아버지를 존경하지만 무서워하는 측면도 있고 불편해하는 측면도 있다.

뭐, 사실 그 감정은 저번 월포드 저택 방문 이후 옅어지긴 했지만…….

순수하게 아버지를 존경하는 실베스터와 신의 관계가 조

금 부러웠다.

그런 알렌에게 얼굴을 가까이 가져간 실베스터는 마치 알려줘선 안 되는 비밀을 고백하듯 속삭였다.

뭘까? 그렇게 생각한 알렌도 실베스터에게 얼굴을 가까이 했다.

"이것도 알고 있었어? 아버지도 멀린 할아버지의 진짜 손자가 아니래."

"응?"

대체 무슨 비밀을 듣게 될지 걱정했던 알렌의 몸이 경직됐다.

"너 그런 것도 몰랐어……? 아, 하긴, 그 이야기는 『새로운 영웅 이야기』의 1권에 적혀 있었지."

"여러 권이 있는 거야?!"

"응. 신 님의 유소년기…… 현자님에게 거둬져 마법을 배웠을 때, 왕태자 전하와의 만남과 동료들과의 만남. 아, 그리고 시실리 님과의 만남과 연애 과정도 적혀있어."

알렌의 말을 들은 실베스터는 어쩐 일인지 꺼림칙한 듯이 얼굴을 찡그렸다.

"부모님의 연애담은 알고 싶지 않은데……."

양자지만 두 부모의 연애담은 아이로서 쉽게 받아들일 수 있는 것이 아니었다.

"무슨 말인가요!"

그러자 그때까지 듣고만 있었던 크레스타가 두 사람의 대화에 끼어들었다.

"신 님과 시실리 님의 사랑 이야기는 알스하이드의…… 아니요, 전 세계 여자아이들의 동경이에요! 그런 부모님 밑에서 자란 실버 군을 다들 이렇게나 부러워하는데! 정작 본인이 그런 말을 하다니요!"

크레스타의 평소 모습으로는 상상도 할 수 없을 정도의 열변에 실베스터와 알렌이 당황했다.

"앗?! 제, 제가 무슨 말을……."

두 사람을 보고 정신을 차린 크레스타가 새빨개진 얼굴을 스르륵 숙였다.

"아, 어, 아니, 응. 크레스타 양이 아버지와 어머니를 존경한다는 건 잘 알겠어."

"아으……."

"크레스타에게 이런 일면이 있었을 줄은……."

실베스터가 쓴웃음 지으며 크레스타를 옹호하자, 알렌이 자연스럽게 새빨개진 얼굴을 숙인 크레스타의 머리를 쓰다듬었다.

"자, 이제 신경 쓰지 말고 고개 들어."

"……."

"크레스타?"

알렌이 머리를 쓰다듬자 얼굴이 더욱 빨개진 크레스타는 고개를 들 수가 없었다.

그 사실을 깨닫지 못한 알렌은 크레스타의 얼굴을 들여다보았다.

"꺄악!"

"크레스타! 너 얼굴이 빨갛잖아! 혹시 열이라도 있어?!"

여기서 그런 뻔한 말을!

상황을 지켜보던 반 아이들이 속으로 그렇게 외쳤다.

그 모습에 실베스터는 쓴웃음 지으며 알렌에게 말을 걸었다.

"크레스타 양은 괜찮아. 일단 잠깐 좀 떨어져 봐."

"뭐?! 크레스타가 괜찮은지 어떻게 아는데?!"

"아니…… 나뿐만 아니라 모두가 알 것 같은데…….."

질투인지 정말로 크레스타를 걱정하는 것인지는 알 수 없지만, 다 안다는 듯이 말하는 실베스터에게 알렌이 으르렁거렸다.

그러나 실베스터는 황당한 표정으로 주위를 둘러볼 뿐이었다.

"어?"

실베스터의 시선을 따라 주위를 둘러보니 다들 고개를 끄덕이고 있었다.

"응? 어째서?"

"저, 저기…… 알렌 님…….."

용기를 낸 알렌의 이름을 부른 크레스타의 혀가 꼬였다.

얼굴이 더 빨개졌지만 열심히 말을 이었다.

"저, 정말 괜찮아요. 그러니까, 그게…… 머리……."

"응?"

알렌은 그제야 자신이 무의식중에 크레스타의 머리를 쓰다듬고 있다는 사실을 깨달았다.

"으앗! 미, 미안해!"

"아, 아니요!"

서로 얼굴을 붉히고 고개를 숙인 두 사람.

그런 두 사람을 실베스터를 포함한 반 아이들 모두가 훈훈하게 지켜봤다. 그리고 그때 실베스터가 묘안을 떠올렸다.

"아, 크레스타 양. 우리 부모님 이야기를 그렇게 듣고 싶으면 또 집으로 놀러와. 직접 듣는 게 좋지 않겠어? 알렌도 같이 와."

""어?!""

실베스터의 발언에 직전까지 빨개진 얼굴을 숙이고 있던 알렌과 크레스타가 동시에 실베스터를 보았다.

호흡이 척척 맞았다.

"비아가 또 너희를 부르라고 했으니까 마침 잘됐잖아?"

"마침 잘됐다니……."

"왕녀님의 초청을 그렇게……."

실베스터의 제안에 거절할 수 없는 초대가 있었다는 사실을 떠올린 두 사람.

거기다 겸사겸사 신과 시실리에게 이야기를 들으면 된다고 말한다.

방금까지 분위기가 좋았던 두 사람 모두 어두워진 표정으로 고개를 숙였다.

그 광경에 실베스터가 고개를 갸웃했고…….

"어라? 내가 무슨 이상한 말이라도 했어?"

그렇게 말했다.

그 모습을 신을 아는 사람이 봤다면 이렇게 말했을 것이다. 『실버 군은 신 군을 닮았다』고.

◆

"어서 와, 알렌 군, 크레스타 양."

어느 휴일, 실버의 친구인 알렌 군과 크레스타 양이 다시 놀러왔다.

듣자하니 비아가 놀아줘서 고맙다고 말하지 않아 아쉬워했기에 데려왔다고.

왕녀님인데 비아는 고맙다는 말을 할 수 있는 아이로 자랐구나 싶어 감탄했다.

그래서 우리 집에 오고 제일 먼저 한 일은 어린아이 네 명의 감사 인사였다.

""""놀아줘서 고마워요!""""

어린아이 넷이 나란히 서서 인사하는 모습은 너무나도 귀여웠고, 그 광경에 심장을 저격당한 어머니들은 몸을 배배 꼬며 환호했다.

……뭐 하는 건지.

"아니요, 왕녀님께서 즐거우셨다면 다행입니다."

"영광입니다."

그에 비해 알렌 군과 크레스타 양은 야무졌다.

뭐, 알렌 군과 크레스타 양은 인사하는 아이들과 나이가 비슷하니 그 행동에 귀여워하지 않는 것이겠지만, 그렇다 쳐도 미소 지은 채 인사를 받는 모습이 무척이나 단정하다.

그러고 보니 월포드 가는 평민이라 실버에겐 그런 걸 알려 주지 않았는데, 역시 그런 교육이 필요한 걸까?

실버의 교육 방침을 고민하고 있으니 어린아이들이 다시 한목소리로 외쳤다.

""""오늘도 놀아주세요!""""

그 말을 들은 순간 직전까지 미소를 떠올렸던 두 사람의 얼굴이 경직됐다.

하긴 어린아이 넷을 상대하려면 힘드니까.

그런 표정이 되는 것도 이해한다.

솔직히 미안하면서도 이 활기찬 아이들을 상대해 준다면 고맙겠다고 말하려던 때, 실버가 먼저 아이들에게 말했다.

"미안. 오늘 크레스타 양은 어머니와 이야기를 나누고 싶다고 하거든."

""어?!""

알렌 군과 크레스타 양은 이구동성으로 말했지만 표정은 정반대였다.

알렌 군은 절망한 듯한, 크레스타 양은 너무나도 기쁜 표정이었다.

그나저나 크레스타 양이 시실리와 이야기를?

"어머, 좋아요. 어떤 이야기를 할까요?"

"그래도 되나요?!"

시실리도 나와 같은 생각이었는지 크레스타 양에게 승낙하면서 어떤 이야기를 하고 싶은지 물으니 크레스타 양의 눈이 반짝였다.

"우리는 저기서 놀까? 아니면 어른들 이야기를 들을래?"

""""저기서 놀래요!""""

실버는 크레스타 양이 시실리와 이야기하고 싶다는 것을 알고 있었기에 아이들을 데리고 갔다.

알렌 군도 함께.

"가능하면 신 님의 이야기도 듣고 싶어요!"

"어? 나도?"

"네!"

실버가 아이들을 데려가는 모습을 바라보며 눈치가 빠른 아이로 성장했다고 감탄할 때, 어째서인지 크레스타 양이 내 이야기도 듣고 싶다고 했다.

무슨 일이지?

그렇게 생각하니 크레스타 양은 메고 있던 가방에서 무언가를 꺼냈다.

나와 시실리는 그것을 보고 경직됐다.

"이 책에 적힌 신 님과 시실리 님의 사랑 이야기를 듣고 싶어요!"

크레스타 양이 꺼낸 것. 그것은 주로 내 이야기가 적힌 서적, 『새로운 영웅 이야기』.

이 책은 나와 시실리의 만남부터 사귀게 된 과정, 나아가 결혼하기까지의 내용이 적혀있다.

거기다 편집이 알스하이드 왕가이니 정보 제공은 오그.

상당히 정확한 정보가 공개되고 말았다.

우리가 이 책을 읽고 싶지 않은 가장 큰 이유이기도 하다.

그것을 크레스타 양에게 말해달라는 것이다.

……이거 혹시, 고문인가?

"어머, 재밌겠네요."

크레스타 양의 요청에 고뇌하고 있으니 엘리가 다가왔다.

"저도 두 분의 연애를 곁에서 지켜본 한 사람이니 합석하겠어요."

그렇게 말한 엘리의 얼굴은 무척이나 즐거워 보였다.

큭! 이 닮은 꼴 부부가!

이럴 때의 표정이 오그하고 똑같다고!

"어, 네?! 비, 비전하께서도 참여하실 건가요?!"

"어머? 제가 동석하면 안 되나요?"

"아, 아니요! 그그, 그렇지 않습니다!"

갑자기 엘리가 참여하게 되자 크레스타 양이 놀랐는데 엘리의 말투는 마치 크레스타 양을 나무라는 듯이 들렸다.

실제로 크레스타 양은 엘리의 말에 얼굴이 창백해졌다.

"그럼 안 돼요, 엘리 양. 크레스타가 무서워하잖아요."

그때 도움의 손길을 내민 올리비아.

올리비아는 창백해진 크레스타 양에게 다가가 머리를 쓰다듬었다.

"괜찮아요, 크레스타. 엘리 양의 저 반응은 자신이 연애담에 끼지 못할 수도 있다며 아쉬워하는 것뿐이니까요."

그렇게 말하며 생긋 웃는 올리비아.

그러자 크레스타 양의 얼굴이 점점 더 창백해졌다.

"어라?"

안심시키려 한 올리비아는 점점 더 창백해지는 크레스타 양을 보고서 고개를 갸웃했다.

그리고 그것은 나도 마찬가지였다.

어째서지?

"저, 저기!"

크레스타 양은 창백해진 얼굴로 올리비아에게 말을 걸었다.

"네?"

"오, 올리비아 님! 비전하를 그렇게 부르셔도 괜찮으신 건가요?! 부, 불경죄에 해당한다거나……."

""어?""

나와 올리비아는 어리둥절했다.

그러나 엘리는 이해했다는 표정이었다.

"괜찮답니다. 이 사람들과 함께한 세월이 얼마나 될 것 같아요? 이제 와서 제게 불경하다고 따질 관계가 아니에요."

"엘리 양은 우리 말고는 친구가 없으니까요."

"올리비아, 당신……."

왕태자비 엘리에게 가벼운 농담을 하는 평민 올리비아.

그 광경에 크레스타 양은 한동안 넋이 나갔지만 점차 안색이 돌아왔다.

"그러니 크레스타 양, 우리도 끼워줄래요? 저도 엘리 양은 두 사람을 가까이서 지켜봤으니 크레스타 양이 알고 싶은 걸 알려줄 수 있을지도 모르잖아요?"

올리비아는 그렇게 말한 뒤 크레스타 양에게 살짝 귓속말했다.

"알렌 군과 더 가까워지고 싶죠?"

올리비아가 그렇게 말하자 크레스타 양은 아까와는 반대로 얼굴이 새빨개졌다.

"그, 그그그, 그걸 어떻게?!"

아무래도 올리비아의 말이 사실인 듯하다.

발음이 꼬일 정도로 당황하네.

"후후, 저와 엘리 양은 소꿉친구와 결혼했어요. 그러니 소꿉친구 연애의 전문가라 할 수 있죠."

올리비아는 그렇게 말하며 가슴을 폈다.

"자, 잠깐만요. 올리비아. 혹시 우리 일도 이야기해야 하는 건가요?"

나와 시실리의 이야기에 참견만 할 생각이었던 엘리가 당황했지만, 올리비아는 생긋 웃으며 답했다.

"뭐 어때요. 엘리 양. 어린 사랑을 응원해주자고요."

올리비아가 그렇게 말하니 엘리는 실버 일행 쪽을 힐끔 보았다.

실버와 알렌 군은 벌써 아이들에게 둘러싸여 있었다.

그것을 본 엘리는 한숨을 쉬었다.

"그러게요. 어쩌면 저도 참고가 될만한 이야기를 들을 수 있을지도 모르니까요."

엘리가 그렇게 말하니 크레스타 양은 알겠다는 표정을 했다.

"옥타비아 여왕님은 실버 군을 많이 좋아하시니까요."

"그렇다니까요. 제 딸이지만 남자 보는 눈은 있네요."

엘리는 그렇게 말한 뒤 커진 배를 안고 조심스럽게 의자에 앉았다.

마찬가지로 임신 중기인 올리비아도 의자에 앉았고 크레스타 양도 앉았다.

"그럼 신 씨와 시실리 양의 이야기부터 시작해 볼까요?"

엘리가 씩 웃으며 그렇게 이야기했지만 혼자 의자에 앉지 않은 인물이 있었다.

"저는 두 사람의 연애 사정을 잘 모르니 아이들을 상대하겠습니다."

자리에 앉지 않은 크리스 누나는 그렇게 말하며 빠르게 자리를 떠났다.

"아, 또 도망쳤네요."

엘리는 그렇게 말하며 아쉬워했다.

방금 이야기의 흐름으로 볼 때 나와 시실리의 이야기 다음엔 엘리와 올리비아의 이야기가 될 것이다.

그렇다면 필연적으로 다른 한 쌍의 부부인 크리스 누나와 지크 형의 이야기도 해야 할 것이다.

그것을 예측하고 도망친 모양이다.

"뭐, 좋아요. 그럼 크레스타 양, 무슨 얘길 듣고 싶나요?"

마치 진행자가 된 듯한 엘리의 말에 크레스타 양은 들고 있던 책을 넘기다 어떤 페이지에서 멈췄다.

"저, 저기! 우선 두 분의 만남부터!"

"어? 거기서부터?!"

"어머나."

깜짝 놀라 되물어본 나와는 다르게 시실리는 그렇게까지 싫지는 않은 듯했다.

여자들은 사랑 이야기를 좋아한다지만……

혹시 이건 만나고 지금에 이르기까지를 길게 이야기해야하는 건가……

슬프게도 그런 내 예감이 적중했고, 크레스타 양은 「이 장면에선?」 「이때는?」이라고 질문했고 시실리가 「이때는……」 「이건 창작이네요. 사실은……」이라고 숨겨진 이야기까지 털어놓았다.

거기에 엘리와 올리비아의 보충 설명까지 더해지자 크레스타 양의 눈이 휘황찬란하게 빛났다.

이따금 내게도 질문했기에 건성으로 넘길 수도 없어서, 나는 이 여자들의 사랑 이야기에 계속 함께하게 됐다.

실버 쪽 상황을 힐끔 확인하니 아이들은 이미 거실을 떠나 정원에 나가 있었다.

근위 기사로 복귀해 지금은 엘리의 경호를 담당하는 현역 기사 크리스 누나가 아이들을 상대하고 있었다.

아이들은 크리스 누나에게 도전했다가 데굴데굴 굴렀고, 그럴 때마다 즐거워했다.

실버와 알렌 군도 거기에 참가했는데, 전에도 가끔 상대했었던 실버는 진지한 표정이었고 처음 크리스 누나에게 도전한 알렌 군은 조금 분한 표정으로 몇 번이고 재도전했다.

저쪽은 즐거운 것 같아서 좋겠네.

"신 님은 이때 어떤 마음이셨나요?

그렇게 현실도피하고 있던 중, 크레스타 양이 책에 적힌 내 상황에 해설을 요청하는 지옥 같은 고문으로 되돌아갔다.

"저, 저기…… 이건 조금 과장됐다고나 할까……."

"어? 그런가요?"

"그래요. 이때의 월포드 군은……."

"어머? 그랬나요?"

내 대답에 아쉬워한 크레스타 양에게 올리비아가 보충 설명을 했고, 처음 들었던 엘리가 조금 더 자세히 물었다.

나와 시실리는 아까부터 얼굴에서 쓴웃음이 떠나지 않았다.

하아…… 나도 저기서 아이들과 놀아주고 싶다…….

◆

실버가 친구들을 데려오고 며칠 후, 월포드 저택을 찾은 인물들이 있었다.

"흠, 그런 일이 있었구나. 그 실버 군의 친구가 말이지? 벌써 사랑에 관심이 생길 나이가 됐나."

감상에 젖은 말투로 그렇게 말한 앨리스.

"그러게. 얼마 전까지 갓난아이였던 것 같은데."

앨리스와 같은 말투로 그렇게 말한 사람은 유리다.

두 사람 모두 첫 출산을 마치고 지금은 출산 휴가 중.

일반적인 성인 여성보다 몸집이 작은 앨리스의 출산은 위험이 있었지만 안정기에 들어선 시실리가 전력으로 도왔기에 무사히 출산할 수 있었다.

앨리스가 낳은 아이는 부모를 닮은 금발에 앨리스를 닮은 얼굴의 귀여운 남자아이로, 이름을 스콜이라고 지었다.

처음 본 사람은 대부분 여자라고 착각할 만큼 귀엽기로 유명했다.

유리가 낳은 아이는 남편인 빈 공방의 장인인 모건을 닮은 여자아이로, 이름을 아네트라고 지었다.

이쪽은 부드러운 분위기가 있는 유리와는 다르게 갓난아이면서도 의젓한 얼굴이었다.

두 사람은 첫 육아에 고생 중이라 이미 두 아이를 낳고 셋째를 키운 시실리를 자주 찾아왔다.

"아이의 성장은 순식간이에요. 저희도 나날이 말썽이 심해져서 곤란하다니까요."

이쪽도 출산 직후라 출산 휴가 중인 올리비아가 커다란 배를 쓰다듬으며 거실에서 어느 방향을 바라보며 한숨을 쉬었다.

거기엔 앨리스의 아이 스콜, 유리의 아이 아네트, 그리고 시실리의 아이 숀이 같은 아기 침대에 누워 있었다.

그리고 그 세 갓난아이보다 조금 더 나이가 많은 아이들이 아기 침대를 둘러싸고 들여다보고 있었다.

"아기, 귀엽다."

"응."

올리비아의 아들 맥스와 크리스티나의 아들 레인이 새근새근 잠든 갓난아이를 보며 그렇게 말했다.

그렇게 말한 본인도 아직 세 살이니 어른이 볼 땐 귀여운 어린아이다.

그런 어린아이가 갓난아이를 귀엽다고 말하는 모습에 어머니들은 몸부림칠 것 같은 감정을 필사적으로 참았다.

"숀, 비아 누님이에요."

"아니, 누나는 샤를이래도!"

귀여운 남자아이들의 옆에서 옥타비아와 샤를럿은 그다지 귀엽지 않은 대화를 나눴다.

"여기에 실버의 친구보다도 조숙한 아이가 있네요."

세 살 어린아이답지 않은 발언을 한 옥타비아의 어머니 엘리자베트의 말에 일동은 쓴웃음을 지었다.

"옥타비아 왕녀님이 실버 군을 좋아하는 건 보면 알겠는데, 실버 군은 어떻습니까? 시실리 양."

근위 기사단 소속이자 왕태자비 엘리자베트의 호위 겸 동료 엄마인 크리스티나가 시실리에게 묻자 시실리는 생각에 잠겼다.

"글쎄요. 지금은 샤를처럼 동생으로 여기는 것 아닐까요? 저 나이 때에 세 살 차이는 상당히 크니까 실버가 볼 때는 연애 대상이 아닐 것 같아요."

"그러게요. 만약 실버가 비아를 연애적인 의미로 좋아한다고 말한다면 솔직히 좀 이상할 것 같네요."

"맞아요. 그래서 지금은 그다지 그런 걸 의식하지 않도록 가르치고 있어요. 그러다 그런 나이가 되면 자연스럽게 의식하게 되지 않을까요?"

"다만 그사이에 실버가 한눈팔면 안 되니 비아가 계속 어필하게 할 생각이에요."

크리스티나는 실베스터의 마음이 궁금했을 뿐이었겠지만 뜻밖에도 시실리와 엘리자베트는 실베스터와 옥타비아를 이어줄 생각이라는 것을 알게 됐다.

"그렇게까지 진심이셨군요……."

"뭐, 최종적으론 본인 마음이 최우선이지만요. 비아의 어머니로서 솔직히 그 아이의 첫사랑을 응원하고 싶어요."

"실버가 세 살 많으니 어쩌면 비아 이외의 아이를 좋아하게 될지도 모르겠지만…… 저도 되도록 비아와 함께했으면 기쁘겠어요."

먼저 어머니가 된 동급생 둘이 이미 아이의 연인까지 생각하고 있다는 사실에, 이제 막 어머니가 된 앨리스와 유리는 놀라움을 감추지 못했다.

"하아~ 벌써 거기까지 생각하는 거야?"

"나는 키우는 것으로도 벅차서 그런 생각을 할 여유가 없는데. 그러고 보니 올리비아는 어때?"

"저요?"

갑자기 질문을 받은 올리비아는 아기 침대를 들여다보는 아들을 보며 말했다.

"이제 세 살인데요?"

"똑같은 세 살 딸의 장래 연인을 생각하는 엘리가 있으니 묻는 거잖아!"

"아…… 그렇게 말해도…… 엘리 양과 시실리 양은 귀족 영애니까 그런 생각을 일찍 하는 것 아닌가요? 저희는 평민이라 그런 생각을 한 적이 없어요."

올리비아의 그 말에 마찬가지로 평민인 유리와 지금은 귀족 부인이 됐지만 원래는 평민이었던 앨리스는 그제야 이해했다.

평민은 어렸을 때부터 결혼 상대를 찾지 않는다.

"뭔가 이해가 돼. 그래서 시실리와 엘리는 아이가 어릴 때부터 장래를 염두에 두는구나?"

그렇게 말한 앨리스에게 시실리가 미소 지었다.

"어렸을 때 부모끼리 약혼자를 정하는 건 오래된 풍습이지만요. 다만 교제하는 사람은 결혼하는 사람이라는 말은 들었어요."

알스하이드에선 귀족도 자유연애가 주류라서 정략결혼은 오래된 생각이라는 인식이 있다.

다만 혼인으로 가문끼리 연결되는 것은 일족을 번영시키는 유용한 수단인 것도 사실이기에 정략결혼 자체가 사라진 것은 아니다.

"하지만 앨리스 새언니, 남 일이 아니에요. 장래에 스콜 군이 어떤 여자와 사귈지 신중히 알아야 해요. 앨리스 새언니의 혈통을 빼앗으려는 사람이 많으니까요."

"새언니라고 하지 마. 하지만 그러게. 클로드 자작가 일도 있으니 신중해야겠지……."

그렇게 말하며 진지하게 생각에 잠긴 앨리스를 보고서 키득키득 웃는 사람이 있었다.

"그 앨리스가 아이의 장래를 생각하게 되다니."

이 자리에서 유일하게 아직 아이가 없는 마리아가 야유하듯 그렇게 말했다.

전에 이 두 사람은 자신들에게 남자친구가 생길 것인가? 하물며 결혼은 가능할까? 그렇게 진지하게 고민하던 시기가 있다.

그런 두 사람도 결혼했고, 한 명은 이미 아이까지 낳았다.

고민하던 당시엔 상상도 하지 못했을 지금 상황에 마리아는 감회가 새로운 듯했지만 앨리스는 그렇지도 않았다.

"웃을 일이 아니야! 마리아도 아이가 생기면 같은 일로 고민할 거라고! 마리아의 남편은 엘스 대통령의 아들이잖아! 더 큰일일 거라고!"

"……그건 그래."

마리아가 결혼한 상대는 엘스 대통령의 아들이자 얼티밋

매지션즈의 사무원인 카르타스.

엘스 대통령은 선거제이기에 현 대통령인 아론의 임기가 끝나면 제니스 가문은 대통령 일가가 아니게 된다.

"카르타스는 대통령에 입후보할 생각이 없다니까 권력이 없는 평민이 될 줄 알았는데……."

"……그럴 리가 없잖아요."

툴툴거리는 마리아에게 엘리자베트가 어이없다는 시선을 보냈다.

대통령 일가는 대통령에서 물러나면 일반 시민으로 돌아가는 것이 아니고 정치적 발언력도 어느 정도 유지한다.

즉, 사회적 지위도 여전히 높다.

그런 제니스 가문의 아들과 결혼한 마리아가 낳은 아이도 상대를 신중히 골라야 한다.

"그러고 보니 올리비아는 상관없다는 표정인데 빈 공방도 지금은 알스하이드 왕도에서 제일 큰 공방이잖아? 맥스는 그 후계자니까 역시 신경 써야해."

마리아의 말에 올리비아는 깨달았다는 표정이 됐다.

"……그러고 보니 그러네요."

"그럴 줄 알았어."

몇 년 전까지 올리비아는 식당을 운영하는 집의 딸이었고 남편인 마크의 본가인 공방도 평판은 좋더라도 그저 공방일 뿐이었다.

올리비아의 친가는 지금도 여전하지만 결혼 상대의 빈 공방은 이제 본점 공방뿐만 아니라 왕도 교외에도 대규모 공장을 지닌 알스하이드 왕도 제일이라 불리는 규모의 공방으로 성장했다.

올리비아는 공방 경영에는 관여하지 않았기에 그런 사정에 어두웠다.

"솔직히 그런 거하고 상관없는 사람은 이 안에서 유리하고 크리스 언니네뿐 아니야?"

"맞아요. 편해서 좋아요오."

"저희는……."

"크리스 아주머니."

친구들보다 아이의 장래에 관한 고민이 적은 것 같다며 유리가 안도하듯이 답하고, 뒤를 이어 크리스티나가 답하려 할 때 맥스가 말을 걸었다.

"왜 그러시죠?"

"레인, 잠들었어요."

"……."

다 같이 아이들이 잠든 얼굴을 보고 있는가 했더니 어느새가 자기만 잠이 든 자신의 아이를 본 크리스티나는 레인을 안고서 낮잠 구역으로 데려간 뒤 돌아왔다.

"……저희는 애초에 저 눈치 안 보는 아이에게 상대가 생기기는 할지가……."

상대가 어떻다기보다 애초에 상대가 생길지 불안해하는 크리스티나에게 아무도 입을 열지 못했다.

　"괘, 괜찮아요! 레인 군은 크리스 언니를 닮아서 귀여우니까요!"

　"그랬으면 좋겠습니다만……."

　크리스티나의 아들 레인은 크리스티나를 많이 닮았다.

　다만 성격은 어머니인 크리스티나처럼 착실하지 않았고, 그렇다고 아버지인 지크프리트처럼 경박하지도 않았다.

　뭐랄까 종잡을 수 없는 성격이었다.

　"그나저나 아이들도 제각각이네."

　그런 아이들을 보며 마리아가 갑자기 그런 말을 꺼냈다.

　"비아는 그냥 작은 엘리잖아?"

　"그런가요?"

　"응. 맥스는 솔직해 보이는 면이 마크하고 똑같아. 하지만 남을 배려하는 모습은 올리비아를 닮았네."

　"에헤헤, 고마워요."

　"샤를은……."

　마리아는 그렇게 말하고 갓난아이를 보는 게 질렸는지 옥타비아의 손을 끌고 장난감이 있는 곳으로 돌진하는 샬럿을 보았다.

　"……왕족을 상대로도 전혀 사양하지 않는 점이 신을 똑 닮았네."

"그러게요."

딸이 남편을 닮았다는 말을 들은 시실리는 기쁜 듯이 미소 지었다.

"그건 기뻐할 일이 아닌 것 같은데…… 근데 저 천진난만한 면은 누구를 닮은 걸까? 시실리는 옛날부터 어른스러웠잖아?"

마리아는 그렇게 말하며 신의 어린 시절을 유일하게 알고 있는 크리스티나를 보았다.

"글쎄요? 그런 일이 있었으니 신의 어린 시절은 그다지 참고가 안 될 겁니다. 마법에 집착하는 면 이외엔 침착한 아이였으니까요."

신에게 전생의 기억이 있다는 사실은 가족이나 마찬가지인 크리스티나와 지크프리트에게도 이야기했다.

"아, 그렇구나. 그렇다면 신의 진짜 어린 시절은 아무도 모르는 거네."

"그렇군요. 하지만 뭐 어떻습니까. 어린아이가 모두 부모와 같은 성격이 된다고는 할 수 없으니까요. 멀린 님과 신을 보십시오. 피가 이어지지 않았는데도 똑같잖아요? 그러니 자란 환경의 영향이 큰 게 아닐까요?"

"그러고 보니."

크리스티나의 말을 들은 시실리가 무언가 떠올랐는지 말을 이었다.

"요즘 실버의 말투가 신 군을 닮기 시작했어요."

시실리의 말에 다들 입을 다물었다.

"이미 마도구 기동을 어렵지 않게 할 수 있게 됐고, 오히려 마법을 알려주지 않아 불만스러운 모양이에요. 크리스 언니와 미란다 양에게 검술 훈련을 받는 것도 친척 누나를 상대하는 느낌이고, 왕족은 친구라고 생각하는 것 같아요."

시실리의 보고에 모두의 말문이 막혔다.

확실히 마법을 쓸 수 없다지만 어렸을 때보다 마도구를 잘 다루게 됐고, 기사단의 아이돌이었던 크리스티나와 차기 검성 후보라고도 불리는 미란다에게서 훈련받는 것도 검성 미셸에게 훈련받은 신과 겹친다.

무엇보다 왕족을 친구처럼 여긴다.

"……피가 이어지지 않았는데 신의 경력을 듣는 것 같네……."

"역시 환경…… 키우는 사람을 닮는 건가요? 그렇다면 어째서 레인은……."

"뭐 그건 그렇다 치고 실버 군은 신 군 2세라는 느낌이야. 조만간 「어라? 내가 뭔가 저질렀나?」 하고 말할 것 같네."

고민하는 크리스티나의 말을 가로막은 앨리스의 말에 모두가 웃었다.

그러나 시실리만은 고민스러운 얼굴로 이마에 손을 얹었다.

"벌써 학원에서 그런 말을 하고 있을 것만 같아요……."

그 한 마디에 다들 미묘한 얼굴로 입을 다물었다.

그런 모두를 본 앨리스가 중얼거렸다.

"뭔가…… 실버 군의 세대에도 큰일이 벌어질 것 같네."

그 말은 모두의 마음에 놀라울 정도로 묵직하게 자리 잡았다.

제2장 아이들의 가능성

그날 알스하이드 초등학원은 최근 몇 년간 없었던 긴장감에 휩싸였다.

교직원은 안절부절못했고 학생과 그 부모도 긴장으로 굳어 있었다.

어째서 학생뿐만 아니라 그 부모까지 학원에 있을까?

그것은 오늘이 알스하이드 초등학원 입학식이기 때문이다.

그들은 입학식에 참석하기 위해 학원에 온 것인데도 누구 하나 입학식장인 강당에 들어가지 않았다.

그 이유는 그들이 어떤 인물의 등장을 기다리고 있기 때문이다.

그 인물보다 나중에 오는 불경을 저질러선 안 된다는 마음으로 신입생의 거의 대부분이 모여 있었다.

귀족과 유복한 평민이 다니는 이 학원은 완전 실력주의의 고등 마법학원과는 다르게 신분에 따른 서열이 존재한다.

긴장감에 휩싸인 학원에 마차 한 대가 도착했다.

그 마차를 보자 긴장감이 감돌며 온몸이 딱딱해진 부모들.

그런 부모를 보고 아이들도 긴장했다.

어째서 마차를 보고 귀족인 어른들이 긴장하는 걸까? 그것은 지금 막 도착한 마차에 금룡…… 즉, 왕가의 문장이 장식되어 있기 때문이다.

교직원과 학생, 부모들이 기다린 것은 이 마차였다.

마차 문이 열리고 성인 남성이 내렸다.

왕태자 아우구스트다.

그 모습을 확인한 교직원과 부모와 학생은 일제히 고개를 숙였다. 밖이었기에 무릎을 꿇지는 않았다.

뒤이어 아우구스트의 에스코트를 받아 내린 사람은 왕태자비 엘리자베트.

그리고 그 두 사람의 손을 잡고 알스하이드 왕국의 왕녀 옥타비아가 마차에서 내렸다.

"다들 고개를 들라."

아우구스트가 그렇게 말하자 고개를 숙였던 모두가 고개를 들었다.

그리고 왕태자 일가를 존경의 눈빛으로 바라보았다.

현장의 분위기를 본 아우구스트는 활짝 한숨을 쉬었다.

"……지나치게 격식을 차리는군."

"안 돼요, 오그. 당신은 왕태자니까 제대로 위엄을 갖춰야죠."

"아버님. 의젓하게 있으세요."

"……알고 있어."

왕태자 일가는 작은 목소리로 대화했기에 그 내용은 들리지 않았지만, 그렇지 않아도 쉽게 볼 수 없는 왕태자 일가가 대화를 나누는 모습을 본 것만으로도 감동스러웠다.

그중에는 울먹이는 사람조차 있었다.

그렇게 감동한 교직원, 학생과 그 부모님 일동에게 아우구스트가 말했다.

"다들 편히 있도록. 오늘은 우리 아이가 초등학원에 입학하는 기쁜 날이다. 이런 좋은 날에 갑갑한 인사는 불필요. 함께 아이들의 새로운 첫발을 축하해다오."

그 말에 학생과 부모들은 자신들의 입학을 왕태자가 축복해준 것만 같아서 다시금 감동했다.

그렇게 감동하는 학생과 부모를 본 옥타비아는 자랑스러운 심정이었다.

자신의 아버지는 모두가 우러러보는 훌륭한 인물이라고 다시금 실감했다.

옥타비아는 그런 자랑스러운 마음으로 모인 사람들을 둘러보았지만, 그런 마음도 금방 사라졌다.

왕태자 일가의 뒤에 몇 대의 마차가 들어왔기 때문이다.

모인 사람들은 나무라는 시선으로 지금 들어오는 마차를 바라보았다.

왕태자 일가보다 뒤에 들어오다니 지나치게 불손하다.

그런 마음이 시선에 담겨 있었다.

그런 시선 속에서 마차가 멈추고, 문이 열리더니 한 소녀가 뛰어내렸다.

"와! 벌써 다들 모여있어!"

"잠깐, 샤를! 위험하니까 먼저 나가면 안 된다고 했잖아!"

"샤를! 얌전히 있어야지!"

일동은 부모의 에스코트도 받지 않고 뛰어내린 소녀를 나무라는 눈으로 보았지만, 뒤이어 내린 아버지 같은 남성과 어머니 같은 여성을 보고서 눈이 휘둥그레졌다.

내린 사람은 『영웅』, 『마왕』, 『신의 사도』 등 다양한 별명으로 불리는 현대 최고의 영웅, 신 월포드와 『성녀』로 유명한 시실리 월포드였기 때문이다.

그리고 그 영웅과 성녀가 결혼해 아이를 낳았다는 것은 유명한 사실이다.

그렇다면 먼저 내린 저 소녀는 영웅과 성녀의 딸!

왕가보다 뒤에 도착하다니 무례하다고 생각한 일동의 머릿속에서 그런 생각이 단번에 사라졌다.

"어? 괜찮아. 아! 비아!"

샤를이라 불린 소녀 샬럿은 옥타비아를 발견하고는 쪼르르 달려갔나.

"안녕! 역시 그 교복 잘 어울린다!"

옥타비아에게 달려가 손을 잡으며 기쁜 얼굴로 인사하는 샬럿에게 옥타비아는 잠시 놀란 표정을 했지만 이내 미소를 떠올렸다.

"안녕하세요, 샤를. 샤를도 잘 어울려요."

"에헤헤, 그래? 역시 그렇게 생각해?"

"자기 입으로 그런 걸 묻는 건가요?"

"그야 아빠랑 엄마, 할아버지랑 할머니도 어울린다고 칭찬해주셨거든."

샤를럿이 말한 인물은 분명 영웅, 성녀, 현자, 도사일 것이다.

소녀의 입에서 나온 호화로운 인물에 이곳에 모인 일동은 현기증이 날 것만 같았다.

영웅과 성녀의 딸이자 현자와 도사의 증손자.

세간에 도는 소문에 따르면 영웅 신 월포드는 교황 예카테리나의 숨겨둔 자식이라고 한다.

즉, 교황의 손자.

이 무슨 호화로운 일족인가! 귀족들이 볼 땐 예절에 어긋난다고도 할 수 있게 행동하는 샤를럿을 마치 천상인을 바라보는 듯한 눈으로 보았다.

그런 샤를럿에게 달려오는 작은 그림자 둘이 있었다.

"샤를, 기다려!"

"……졸려."

샤를럿을 쫓아 달려온 아이는 맥스, 하품하며 다가온 아이는 레인이었다.

"아, 오그 아저씨, 엘리 아주머니, 안녕하세요!"

"……세요."

맥스가 샬럿과 옥타비아의 옆에 있는 아우구스트와 엘리자베트에게 아저씨, 아주머니라고 말하자 이곳에 모인 사람들 사이로 긴장감이 감돌았다.

왕태자와 왕태자비를 아저씨, 아주머니라고 부르다니 이얼마나 불경한가!

아이라지만 친애하는 왕족에게 그런 태도를 보인 인물에게, 특히 왕가의 충실한 신하인 귀족가 사람들은 분노에 가까운 감정을 품었다.

그러나.

"후후. 안녕하세요, 맥스. 오늘도 활기차네요."

"……레인은 잠 좀 깨야겠는데?"

아저씨, 아주머니라고 불린 왕태자 부부는 맥스와 레인이라고 불린 아이를 마치 친척을 대하는 태도였다.

혹시 저들도 왕가에 가까운 유력자의 아이들인가?

그렇게 생각하고 있으니 아이들을 쫓아오듯 두 어머니가 다가왔다.

사람들은 그 두 사람을 보고서 이해했다.

"아, 전하, 엘리 양, 미안해요. 얘, 맥스. 먼저 가면 안 되지!"

"……레인. 좀 더 활기차게 행동하렴."

그 어머니는 아마도 얼티밋 매지션즈 중에서 제일 얼굴이 알려졌을, 돌가마 식당의 딸이자 현 빈 공방의 사모님인 올리비아와 일찍이 기사단의 아이돌이라 불리며 젊어서부터 국왕 폐하의 호위를 맡았던 크리스티나였기 때문이다.

왕태자 아우구스트가 부장을 맡은 얼티밋 매지션즈에 소속한 부모와 어렸을 때부터 아우구스트를 아는 근위 기사의 아이라면 편하게 대화하는 것도 이해가 된다.

"안녕, 오그. 날씨가 좋아서 다행이네."

여러 의문이 풀린 참에 입을 연 사람은 금세기 최고의 영웅으로 불리며 도사 멜리다의 뜻을 이어 시민의 생활을 윤택하게 하는 마도구를 생산하고 있는, 알스하이드 국민이라면 귀족과 평민을 가리지 않고 동경하는 인물.

신이 아우구스트에게 가볍게 말을 걸었다.

"그래. 아이들의 새로운 시작에 어울리는 날이군."

"그건 동의하는데 여기 사람들은 왜 모여있는 겁까?"

"어쩐지 이쪽을 뚫어져라 보는데요……."

아우구스트에 이어 대화에 참여한 사람은 레인의 아버지인 지크프리트와 맥스의 아버지인 마크였다.

"그래, 우리를 마중 나온 모양이군."

아우그스트가 그렇게 말하자 신은 감탄한 듯 사람들을 둘러보았다.

영웅 신 월포드의 시야에 들어온 사람들은 아까 아우구스트 때보다 더 몸이 굳어버렸다.

"오, 굉장하네. 다들 왕가를 공경하는구나."

"……뭐랄까, 솔직히 네게 그런 말을 들어도 기쁘지 않군."

"왜?"

가볍게 대화를 나눈 신과 아우구스트.

그것은 마치 신의 발자취를 기록한 서적, 『새로운 영웅 이야기』에 있는 친구 아우구스트와 대화하는 장면 같아서 지켜보는 사람의 마음에 감동이 싹텄다.

그런 사람들의 마음을 알 리가 없는 신 일행은 아이들을 보았다.

"계속 여기서 이러지 말고 빨리 강당으로 가자. 이제 시간이 별로 없지 않아?"

"그렇군. 제군, 슬슬 강장으로 이동하지. 그러지 않으면 선생님들도 곤란할 테니. 비아, 샤를, 맥스, 레인, 이제 가자."

""""네~!""""

아우구스트는 신과 아이들을 데리고 강당을 향해 이동했다.

그리고 그 자리에 남겨진 사람들은…….

'아, 입학식이 아직이었지.'

왕가, 영웅, 그 아이들의 단란한 모습을 보고 가슴이 벅차오른 탓에 입학식을 깜빡하고 있었다.

알스하이드 초등학원 입학식이 원만히 끝나고 신입생들은 교실로 이동했다.

여기서부터는 보호자와 헤어져 아이들만 행동하게 된다.

귀족의 아이, 평민 중에 좋은 집안의 아이인 신입생들은 부모와 고용인들과 함께인 경우가 일반적이라서 부모와 떨어지게 되자 불안해하는 아이가 대부분이었다.

부모들도 멀어지는 아이들을 걱정스러운 듯이 바라보았지만 그중에서도 유독 걱정하는 부모가 있었다.

"샤를 녀석, 얌전히 있을까……."

"실버 때는 이렇게 걱정하지 않았는데……."

샤롯의 부모인 신과 시실리였다.

정작 샤롯은 부모의 걱정을 아는지 모르는지 옥타비아에게 즐겁게 말을 걸고 있었다.

옥타비아는 아우구스트와 엘리자베트와 떨어진 처음엔 불안한 표정을 보였지만, 샤롯이 말을 걸어준 덕분에 불안한 마음보다 샤롯과의 대화에 정신이 팔렸는지 더는 그런 표정을 보이지 않았다.

"샤롯이 있으면 비아는 안심이지."

"맞아요. 뭐, 샤를의 부모인 신 씨와 시실리 양은 걱정돼서 참을 수 없겠지만요."

옥타비아의 부모인 아우구스트와 엘리자베트는 딸의 긴장과 불안을 해소해준 샤롯의 존재가 고마웠다.

그러나 신과 시실리는 샤롯의 예측할 수 없는 행동이 너무나도 걱정됐다.

입학하자마자 소동을 일으키지 않으면 좋겠는데…….

그런 부모의 걱정을 알 리가 없는 샤롯은 같은 반이 된 네 친구와 단란하게 대화를 나눴다.

　담임교사의 인도로 교실에 도착한 학생들은 다들 긴장했는지 얌전히 지정된 자리에 앉았다.

　유일하게 샬럿만 신기하다는 듯이 주위를 두리번거렸다.

　생소한 환경에 긴장한 신입생들을 본 여성 담임교사는 모두를 안심시키려고 부드럽게 미소 지었다.

　"여러분, 입학 축하해요. 저는 여러분의 담임인 카틀레아 폰 일마레라고 해요. 앞으로 잘 부탁해요."

　그러자 아이들도 『잘 부탁합니다~!』하고 답했다.

　그 모습에 만족스러운 듯이 끄덕인 카틀레아는 학생들을 둘러보며 이야기했다.

　"자, 여러분에게 제일 먼저 해줘야 할 말이 있어요. 이 학원에는 왕족, 귀족, 평민 등 다양한 사람이 다녀요. 신분을 잊고 다들 평등하게…… 지내기는 어렵겠지만, 신분을 내세워 다른 사람을 억압하면 안 돼요. 또, 신분을 내세워선 안 된다는 점을 이용하는 것도 안 돼요. 다들 알겠죠?"

　카틀레아의 이야기는 1학년에겐 어려웠는지 다들 고개를 갸웃했다.

　어쩔 수 없다고 생각한 카틀레아는 예시를 들어주기 시작했다.

　"예를 들어 작위가 위인 아이가 작위가 아래인 아이나 평민 아이를 깔보거나 거만하게 굴면 안 돼요. 그걸 허락하면 특히 평민 아이는 아무런 말도 하지 못하고 마치 귀족 아이의 노예처럼 지내야 하잖아요?"

카틀레아의 말에 학생들이 끄덕였다.

"그러니까 특히 지위가 높은 집안 아이들은 조심해 주세요. 모두가 같은 학원에 다니는 친구니까요."

그 말에 이 반에서, 아니, 교내에서도 최고위에 해당하는 왕족인 옥타비아가 알겠다고 동의했다.

옥타비아가 동의하자 다른 귀족 아이들도 차례차례 동의했다.

그런 모습에 평민 아이들이 안도하며 바라보았다.

그런 평민 아이들을 본 카틀레아는 다시 입을 열었다.

"반대로, 그렇다고 해서 신분이 낮은 아이가 신분이 높은 사람들에게 무례하게 굴어도 되는 건 아니에요. 그걸 허락하면 이번엔 신분이 높은 아이들이 아무런 말도 하지 못하게 되니까요."

"아! 그거 알아!"

카틀레아가 말하자 그렇게 외치는 학생이 있었다.

샬럿이었다.

"『이 학원에선 모두가 평등한데 평민이라고 차별하는 건가요오?! 너무해요~!』하는 그거!"

어째서인지 이상하게 말끝을 늘이며 비꼬듯 말한 샬럿에

게 모두가 키득키득 웃었다.

"맞아요. 이야기에서 자주 나오는 장면이죠. 잘 알고 있네요?"

"전에 아빠하고 보러 간 연극에서 했었어! 그렇게 히로인처럼 행동하는 사람을 『발암 여주』라고 한대!"

그런 샬럿의 말에 교실이 웃음바다가 됐다.

"적절한 표현이네요. 맞아요. 그러니까 신분이 낮은 아이는 신분이 위인 아이를 공경할 것. 신분이 위인 아이는 아래인 아이를 보호할 것. 그러니까 다 같이 사이좋게 지내자는 뜻이에요. 알겠죠?"

카틀레아가 그렇게 말하자 아이들은 알겠다고 큰소리로 답했다.

아까 샬럿의 말로 웃음이 나와서인지 긴장이 많이 풀린 듯했다.

"그럼 오늘은 각자 자기소개하고 마치기로 해요. 그럼 이쪽부터 순서대로 부탁해요."

이렇게 아이들의 자기소개가 시작됐다.

한 반의 모두가 자기소개하면 인원수가 꽤 되기에 한 번에 외울 수는 없을 것이다.

뭔가 이런 아이도 있구나, 하는 정도의 인식이 생기는 정도가 대부분이겠지만 그중에서 유독 눈에 띄어서 한 번에 얼굴과 이름을 외울 수 있는 아이도 있었다.

"옥타비아 폰 알스하이드예요. 아버지는 왕태자인 아우구스트. 하지만 제 친구는 평민이 많으니 여러분도 친하게 대해주셨으면 고맙겠어요."

알스하이드 왕국 왕태자 아우구스트의 첫째 왕녀 옥타비아는 자기소개할 것도 없이 모두가 알고 있었다.

그런 왕녀의 입에서 친구 중에 평민이 많다는 말이 나오자 같은 반 아이들은 깜짝 놀랐지만, 동시에 희망을 품기도 했다.

평민과 친구라면 자신과도 친구가 될 수 있지 않을까?

특히 남자들은 옥타비아와 친해지면 장래에 왕족의 남편이라는 지위도 손에 넣게 될지도 모른다는 희망이 생겼다.

"맥스 빈입니다. 우리 집은 빈 공방이라는 공방을 열고 있어요. 혹시 괜찮으면 부모님과 함께 물건을 사러 와주세요."

맥스의 자기소개로도 아이들이 동요했다.

아침 일로 그가 옥타비아 왕녀님과 사이가 좋다는 것은 알고 있었다.

그러나 그들의 부모는 몰라도 반 아이들은 마크와 올리비아의 얼굴을 몰랐다.

그래서 어느 집안 아이인지 알 수 없었다.

그런데 빈 공방의 아이라고 한다.

빈 공방이라면 얼티밋 매지션즈 대표인 신과 깊이 교류하며 왕도에 사는 사람이라면 모르는 사람이 없을 정도로 커다란 공방이다.

거기다 부모는 얼티밋 매지션즈의 멤버다.

그런 큰 공방의 후계자가 같은 반에 있을 줄은 몰랐기에 술렁거렸다.

"……레인 마르케스입니다. 잘 부탁해요."

레인의 자기소개를 들은 아이들은 너무 짧은 자기소개에 다른 의미로 당황했다.

뭐랄까, 의욕이 없어 보인달지 특이하달지, 이름을 기억해 줬으면 하는 기분도 느껴지지 않는 자기소개였다.

그러나 아이들은 레인도 맥스처럼 옥타비아와 친하게 지내던 장면을 목격했다.

그도 평민이지만 유명한 부모의 아이임이 분명하다고 느꼈다.

사실 부모 세대에선 유명하지만 아이들은 레인의 부모인 크리스티나와 지크프리트를 모른다.

너무나도 간결한 자기소개에 결국 반 아이들은 레인이 어느 집 아이일지 고민하게 됐다.

그리고 드디어 반 아이들이 제일 주목하는 학생의 차례가 됐다.

"샬럿 월포드입니다! 비아하고 맥스하고 레인하고는 친구지만 여러분과도 친구가 되고 싶어요! 잘 부탁합니다!"

샬럿은 그야말로 기운차게 인사했다.

얌전히 자란 귀족 여자가 이렇게 인사한다면 미간을 찌푸릴 테지만, 샬럿은 평민이고 무엇보다 『월포드』라는 성을 달고 있으니 모든 것이 그다지 큰 문제가 되지 않았다.

역시 그랬어! 월포드 가문의 아이야! 마왕님과 성녀님의 아이야!

그런 감정들로 머릿속이 가득 찬 아이들은 샬럿의 행동을 신경 쓸 겨를이 없었다.

태어날 때부터 듣고 읽었던 영웅담.

그런 살아있는 전설인 신의 아이가 눈앞에 있다. 동급생이 됐다.

아이들은 어떻게든 가까워지고 싶었지만 딱 한 명, 그렇지 않은 아이가 있었다.

그렇게 모든 학생의 자기소개가 끝나고 카틀레아가 모두를 둘러보았다.

"네. 여러분, 고마워요. 한 번에 외울 수는 없겠지만 1년간 같은 반이니까 친하게 지내다 보면 조만간 전부 외울 수 있을 거예요. 오늘은 이걸로 끝이에요. 내일은 앞으로의 예정을 이야기한 다음 교내를 견학할 예정이니 기대하세요. 그럼 보호자 여러분이 강당에 계시니 돌아가 합류해 주세요. 그럼 다들 잘 가요."

카틀레아는 그렇게 말하고 교실에서 나갔다.

강당은 아까까지 있던 곳.

그다지 복잡한 길이 아니었고 강당 자체도 보인다. 여기서 돌아가는 것뿐이니 길을 잃을 걱정도 없을 테고, 애초에 내

일부터는 학생들만 행동하게 된다.

초등학원 신입생을 상대로 은근히 엄격한 판단이지만 이 학원에 다니는 학생은 귀족과 유복한 상인 아이들뿐.

이 정도는 당연할 것이라는 생각이었다.

교사가 사라진 교실은 빠르게 술렁이기 시작했다.

자리가 앞뒤, 옆이 된 아이들끼리 잡담을 나누는 아이.

어떡해야 좋을지 알 수 없어 당황하는 아이.

다양한 아이가 있지만 교실에서 나가려는 아이는 없었다.

다들 옥타비아와 샬럿과 친해질 기회를 엿보고 있었기 때문이다.

그리고 샬럿은 카틀레아가 나가고 나서 바로 옥타비아에게 다가갔다.

"비아, 돌아가자!"

샬럿의 그 말에 아이들이 술렁였다.

『비아.』

황공한 왕녀인 옥타비아를 애칭으로 불렀다.

역시 윌포드 가의 딸.

부모끼리 친구인 만큼 다르다.

다들 그렇게 받아들였지만…….

"잠깐, 거기 당신!"

한 여학생이 눈을 부릅뜨고 샬럿에게 다가왔다.

"어? 나?"

"맞아요! 당신, 아까 선생님의 말씀을 듣지 않았나요?!"

여학생은 손가락으로 샬럿을 가리키며 큰 소리로 말했다.

"고위 귀족…… 특히 왕족이신 옥타비아 님은 신분이 낮은 사람을 함부로 대할 수 없어요. 그걸 빌미로 애칭으로 부르는 건 있을 수 없는 일이에요!"

여학생은 그렇게 외쳤지만 샬럿은 어째서 화내는지 알 수 없었다.

"어? 비아는 비아인데? 계속 그렇게 불렀으니까."

비아를 비아라 부르는 게 뭐가 잘못이지?

어렸을 때부터 옥타비아와 함께 자란 샬럿은 쭉 그렇게 불렀다.

그래서 여학생의 성난 주장에 진심으로 당황했다.

여학생은 당황하는 샬럿을 보고 더욱 화가 났는지 새빨개진 얼굴로 무언가 더 말하려고 했다. 그러나 그것을 옥타비아가 가로막았다.

"음, 아마 알리샤 양이라고 했죠?"

왕녀 옥타비아에게 이름을 불린 여학생…… 알리샤는 순식간에 분노가 사라지고 아까와는 다른 이유로 얼굴이 빨개졌다.

"아, 네! 맞아요! 알리샤 폰 바이마르라고 합니다! 옥타비아 왕녀님께서 이름을 기억해 주시다니……."

귀족의 딸인 알리샤는 왕족인 옥타비아가 이름을 기억하

고 불러주자 감격한 나머지 눈물까지 글썽였다.

그런 알리샤를 본 옥타비아는 살며시 미소 지었다.

그것을 보고 더욱 감격한 알리샤에게 옥타비아가 말했다.

"샤를과는 어렸을 때부터 함께 자랐습니다. 자매처럼 자란 사이죠. 그래서 샤를에게 비아가 아닌 이름으로 불린 적은 한 번도 없어요. 그러니 너그러이 봐주시면 안 될까요?"

알리샤의 입장에선 아무리 부모가 친구 사이라 해도 왕족과 평민이다.

알스하이드 귀족의 딸인 알리샤에게 왕족은 가장 공경해야 할 상대로, 그것이 설령 영웅의 딸이라 해도 애칭으로 부르는 것은 용서할 수 없는 행위였다.

그러나 당사자인 옥타비아가 그렇게 말한다면 알리샤는 계속해서 이 일로 항의할 수가 없다.

"알겠습니다."

그래서 알리샤는 입술을 깨물며 옥타비아의 말에 고개를 끄덕였다.

말과는 다르게 받아들일 수 없다는 얼굴을 한 알리샤를 본 옥타비아는 살짝 곤란한 표정을 했다.

그러나 그런 표정을 한 옥타비아에게 다른 누군가가 말을 걸었다.

"비아, 그런 표정 짓지 마. 늘 멋대로 구는 샤를에게 항의하는 아이는 지금까지 없었으니까 좋은 거 아니겠어?"

"비아, 이런 아이는 귀중해. 샤를은 우리 말을 전혀 안 들으니까."

맥스와 레인은 좋게 말해서 천진난만이지 제멋대로 움직이는 샬럿에게 늘 휘둘렸다.

부모와 증조모들은 가족이니 그렇게 행동하는 샬럿에게 설교하기도 하지만 그 이외의 어른은 부모가 너무 위대해서 그러지 않았다.

그런 상황에서 정면으로 샬럿의 행동을 비난한 알리샤는 맥스와 레인에게는 고마운 존재로 보였다.

그러나 정작 그 말을 들은 알리샤는……

"뭐, 뭐, 뭔가요, 당신들은?! 애칭뿐만 아니라 반말로?! 대체 어느……"

성내며 맥스와 레인을 본 알리샤는 말문이 막히고 말았다.

이쪽을 본 채로 움직이지 않게 알리샤를, 맥스와 레인이 의아하게 바라보았다.

머리끝까지 화가 치민 얼굴로 굳어버린 알리샤의 표정에서 점점 화가 사라지더니 어째서인지 당황하는 모습이었다.

"왜, 왜 그래?"

"괜찮아? 혈관이라도 터졌어?"

갑자기 이상해진 알리샤를 보고서 맥스는 진심으로 걱정했지만, 레인은 아까부터 화내거나 감동하며 계속 얼굴이 새빨갰던 알리샤를 보며 결국 핏줄이라도 터졌는지 걱정했다.

"아, 안 터졌어요!

두 사람에게서 그런 말을 들은 알리샤는 새빨개진 얼굴로 소리쳤다.

"그렇구나, 다행이야."

"안심했어."

괜찮아 보이는 알리샤를 보고서 맥스와 레인은 가슴을 쓸어내렸다.

자신을 걱정해 준 것을 이해한 알리샤는 빨개진 얼굴을 숙이고 말았다.

그런 알리샤에게 맥스와 레인이 다가왔다.

"저기, 알리샤라고 했지? 나는 맥스. 맥스 빈이야. 잘 부탁해."

"레인 마르케스."

두 사람은 다시 알리샤에게 자기소개했다.

"샤를은 틈만 나면 멋대로 행동하니까 알리샤 양 같은 아이가 친구라면 좋겠는데."

"저지하는 역할, 중요해."

"제, 제가 저 아이의 친구를?"

알리샤는 맥스의 제안에 깜짝 놀라며 고개를 들었다.

"응. 아까 비아도 말했는데 우리는 어렸을 때부터 계속 함께여서 샤를은 우리 말을 잘 안 듣거든."

"아까는 굉장했어."

"그, 그랬군요……."

아까의 기세는 어디로 갔는지 알리샤는 작은 목소리로 답했다.

"그, 그럼 당신들이 그렇게 말한다면야 친구가 되어줄 수도 있죠!"

"어? 알리샤, 우리랑 친구가 되어줄 거야?!"

아까까지 트집 잡던 상대가 거만하게 말했는데도 샬럿은 기뻐하며 알리샤에게 다가갔다.

"그, 그냥! 두 분이 부탁하셨으니까요! 그리고 당신에겐 이것저것 알려줘야할 일도 있을 것 같으니까요!"

환한 미소로 다가온 샬럿에게 고개를 돌리며 그렇게 말한 알리샤.

옥타비아는 알리샤가 샬럿을 인정하지 않는다는 것을 금방 알아차렸다.

그런데 간단히 샬럿의 친구가 되어달라는 부탁을 승낙했다.

자신에게 접근하기 위한 수단일까, 아니면…….

알리샤의 방금 태도를 본 옥타비아는 생긋 웃었다.

"그럼 저와도 친구네요."

"소?! 소, 소, 옥디비이 욍너님괴?!"

갑자기 알리샤가 망가졌다.

경애하는 옥타비아에게 무례하게 구는 자를 떨어뜨리려 했는데 어째서인지 자신이 옥타비아의 친구가 됐다.

알리샤는 영문을 알 수 없어 혼란에 빠졌다.

"어, 어, 어째서……."

"후후. 아까도 말한 것처럼 저와 샬럿은 자매나 마찬가지. 아니요, 장래에는……."

"네?"

거기서 말을 끊은 옥타비아.

장래에는, 뭐라는 거지?

알리샤가 그렇게 생각할 때, 옥타비아는 고개를 돌려 출입구를 보고 있었다.

"응?"

거기에 무엇이 있나?

그렇게 생각한 알리샤가 돌아보니 거기엔 상급생으로 보이는 남학생이 서 있었다.

은발에 놀라울 정도로 잘생긴 그 남학생인 교실을 둘러보다 자신들이 있는 쪽에서 시선을 멈췄다.

"아, 여기 있었구나."

"네?"

누구?

그렇게 생각한 것도 잠시, 그 정체가 금방 밝혀졌다.

"아, 오빠!"

"실버 오라버니!"

"아윽!"

먼저 발견하고 달려가려던 샬럿을 밀치고 옥타비아가 남

학생에게 다가갔다.

"안녕, 비아. 입학 축하해."

"고맙습니다, 실버 오라버니! 혹시 절 축하해주러 오신 건 가요?!"

"응, 그것도 있지만 다 같이 돌아갈까 하고."

그 남학생…… 샬럿의 오빠인 실베스터가 그렇게 말하자 옥타비아가 환한 미소로 고개를 끄덕였다.

"네! 같이 돌아가요!"

"잠깐, 비아! 밀치다니 너무하잖아!"

"어머? 미안해요, 샤. 안 보였네요."

"어휴! 오빠, 나도 축하해줘."

"그래, 알았어. 입학 축하해, 샤를."

실베스터는 그렇게 말하며 샬럿의 머리를 마구마구 쓰다 듬었다.

"으갸!"

알리샤는 그 광경을 보며 생각했다.

아까 옥타비아는 저 남학생을 **오라버니**라고 불렀지만 아우구스트의 첫째 아이는 옥타비아이니 그녀에게 오빠는 없다.

그렇다면 그는 샬럿의 오빠다.

샬럿을 허물없이 대하는 태도에서도 그것을 알 수 있다.

그리고 아까 옥타비아가 하다만 말.

『샬럿은 자매나 마찬가지. 아니요, 장래에는…….』

그 말과 옥타비아가 실버라 불린 남학생에게 보내는 시선.

이, 이건, 알아선 안 되는 비밀을 알게 된 것이 아닐까?

알리샤는 식은땀을 흘렸지만 옥타비아는 조금도 숨기지 않았다.

……비밀은 아닌 듯하다.

"맥스, 레인, 같이 돌아갈까?"

"응!"

"알았어."

실베스터에게 불린 맥스와 레인도 기쁜 듯이 실베스터에게 다가갔다.

"저, 저기!"

"응?"

"왜?"

"아, 저기, 그게……."

알리샤는 무심코 맥스와 레인을 멈춰 세웠지만 뭐라고 말해야 좋을지 알 수 없어 우물쭈물했다.

그래도 용기를 내서 입을 열었다.

"내, 내일부터, 잘 부탁해요!"

"응!"

"이쪽이야말로."

두 사람은 그렇게 말하고는 실베스터에게 달려갔다.

떠나는 두 사람의 등을 알리샤는 애절한 시선으로 바라보았다.

"어느 쪽일까요?"

그리고 그 모습을 지켜본 옥타비아는 혼잣말로 중얼거렸다.

아버지 아우구스트를 닮은 그 얼굴은 무척이나 즐거워 보였다.

옥타비아가 알리샤를 보며 즐겁게 웃고 있으니 실베스터가 맥스와 레인과 대화하던 알리샤를 보았다.

"저 아이는? 친구 아니야?"

"네? 아, 네. 방금 친구가 된 알리샤 양이에요."

"샤를의 친구가 되어줬댔어!"

"그렇구나."

실베스터는 그렇게 말한 뒤 알리샤를 보았다.

"저기, 알리샤 양?"

"어? 아, 네."

"갑자기 미안해. 나는 실베스터 월포드. 샬럿의 오빠야. 알리샤 양은 샤를의 친구가 됐다면서?"

"……그게, 네."

"그렇구나. 고마워. 그럼 같이 강당에 가지 않을래?"

"……!"

실베스터의 생각지 못한 제안에 알리샤의 가슴이 크게 뛰었다.

"아, 그렇구나. 같이 가면 되겠네. 역시 실버 형이야."

"응, 실버 형, 멋져."

아무래도 맥스와 레인도 실베스터를 잘 따르는 듯하다.

옥타비아가 뜨거운 시선을 보내는 상대로 샬럿의 오빠.

동생인 샬럿과는 다르게 실베스터는 침착하고 말투도 부드럽다.

알리샤는 그런 인물의 권유를 거절할 수 없었다.

"자, 잘 부탁할게요."

"응. 그럼 갈까? 아버지와 어머니가 기다리고 계실 테니까."

"네!"

그렇게 활기차게 대답한 옥타비아는 알리샤를 견제하듯 보았다.

옥타비아의 시선을 받고 등골이 서늘해진 알리샤는 힘껏 고개를 저었다.

그것을 본 옥타비아는 생긋 미소 지으며 실베스터의 왼팔을 안았다.

"······!"

왕녀의 그런 행동에 알리샤는 놀라움을 감추지 못했다.

그러나 정작 본인들은······.

"비아, 걷기 힘들어."

"어머! 실버 오라버니는 비아를 에스코트해주지 않으실 건가요?"

"이거 참. 그럼 왕녀님, 가실까요?"

"후후, 네. 잘 부탁해요."

어쩐지 눈앞에서 갑자기 에스코트 놀이가 시작됐다.

그렇게 생각한 순간.

"오빠! 또 샤를만 내버려 두고!"

샬럿이 실베스터의 오른팔에 매달려서는 말을 이었다.

"나도 제대로 안내해줘!"

"정말이지 샤를은 어리광쟁이라니까."

"여동생이니까! 어리광 부려도 괜찮아!"

"잠깐, 샤를! 실버 오라버니와의 시간을 방해하지 마세요!"

"치사해, 비아! 샤를도 오빠와 같이 있고 싶어!"

"떨어지세요!"

"싫거든!"

"둘 다 싸우지 마. 두고 간다?"

""안 돼!""

실베스터의 한 마디로 그 팔에 더 강하게 매달린 샬럿과 옥타비아.

그 광경을 알리샤는 멍하니 바라보았다.

"……저래도 괜찮은 건가요?"

"응? 아, 늘 있는 일이니까."

"평소랑 똑같아."

"그, 그런가요……."

맥스, 레인과 함께 세 사람의 뒤를 따라가던 알리샤는 아까 교실에서 샬럿에게 트집 잡은 일이 벌써 후회되기 시작했다.

◆

담임교사를 따라 교실로 가는 샬롯을 지켜보기를 한동안.

우리 보호자는 강당에 남아 아이들이 입학식 후의 첫 HR 이 끝나기를 기다렸다.

아이들이 나간 후엔 자유 시간이어서 우리는 평소 멤버끼리 모여 있었다.

그러나 그 멤버 안에는 오그가 있다.

왕태자인 오그에게 고위 귀족들이 인사하기 위해 찾아왔다.

그건 알겠지만, 겸사겸사 내게도 인사했다.

나는 귀족이 아니니 파티에 나가지는 않지만, 고위 귀족들은 내…… 월포드 상회의 고객이거나 거래 상대인 경우가 많다.

왕족인 오그에겐 정말로 한마디 인사만 하고 어째서인지 나하고는 잡담을 나누는 일이 반복됐다.

솔직히 나는 샬롯이 걱정돼서 그럴 겨를이 아니었지만, 상대는 사업상 고객과 거래 상대.

함부로 대할 수도 없다.

입학한 아이가 첫째라 자기가 입학할 때보다 긴장된다든가, 나는 두 번째이니 여유로울 것 같다든가, 그런 사소한 잡담을 나누다 시간이 제법 흐른 모양이었다.

"오, 아이가 돌아왔군요. 그럼 회장님, 또 뵙죠."

"네."

사업상 만나는 사람은 나를 『회장』이라고 부른다.

월포드 상회의 회장이니까.

사장은 여전히 앨리스의 아버지인 글렌 씨다.

사무는 앨리스의 남편이자 시실리의 오빠인 로이스 씨.

로이스 씨는 아버지이자 현 자작인 세실 씨로부터 후계자로 지명받아서, 세실 씨가 은퇴하면 자작가를 잇기로 정해졌다.

그러니 영주의 업무와 겸업해야 하는데, 세실 씨도 영지 경영뿐만 아니라 왕도의 재무국에서 일하시는 중이다.

그래서 로이스 씨도 월포드 상회에서 전무를 맡으면서 영지도 경영할 예정이다.

글렌 씨와 로이스 씨의 수완 덕분에 월포드 상회는 순조롭게 성장했는데, 종업원도 늘어난 덕분에 사장과 전무인 글렌 씨와 로이스 씨의 일이 많이 줄었다고 한다.

그러니 전무로 일하면서 영지를 경영하는 것도 문제없을 것 같다.

아, 송업원이 늘어난 이유는 다루는 상품노 늘였기에 새로운 점포를 건설해 그쪽으로 이전했기 때문이다.

그에 따라 원래 월포드 상회의 점포와 사무실이 있었던 층을 전부 얼티밋 매지션즈가 사용하게 되어, 건물 한 채를 통째로 얼티밋 매지션즈가 이용하게 됐다.

얼티밋 매지션즈도 실행 부대와 사무원이 늘어났으니까.

거래 상대인 귀족이 떠나는 모습을 보고 있으니 샤를 일행도 온 모양이었다.

실버도 같이 있는데…… 아~ 또 저 상태가 됐네.

실버의 오른팔에는 샤를이, 왼팔에는 비아가 매달려 있다.

중앙에 있는 실버는 걷기 불편해 보였다.

"잠깐, 샤를. 너무 매달렸잖아요. 실버 오라버니께서 걷기 힘들어하세요."

"오빠는 동생을 안내할 의무가 있으니까 이래도 괜찮아! 비아야말로 너무 달라붙었어!"

"실버 오라버니는 저를 에스코트하고 계시니까요. 당연한 거예요!"

"……에스코트가 뭐야?"

"……."

오빠를 잘 따르는 샤를과 확연하게 실버에게 연심을 품은 비아가 실버를 사이에 두고 노려보고 있었다.

평소엔 사이가 좋은데 실버를 독점하고 싶을 땐 늘 저런다니까.

뒤에서 따라오는 맥스도 씁쓸하게 웃고 있다고.

……레인은 잘 모르겠지만.

맥스와 레인을 보고 깨달았는데 모르는 여자아이 한 명도 함께였다.

누구인지 궁금하지만 먼저 샤를을 데리고 온 실버부터 칭찬해야겠지.

"실버, 샤를을 데려다줘서 고마워. 역시 오빠네."

내가 그렇게 말하며 실버를 칭찬하고 머리를 쓰다듬자 실버는 살짝 부끄러운 듯이 몸을 꼬았다.

"아니, 괜찮아. 자, 샤를, 비아, 이제 놔줘."

""네~.""

실버의 말에 샤를과 비아는 얌전히 실버의 팔에서 떨어졌다.

"후후, 실버, 비아를 에스코트해줘서 고마워요."

"그래, 역시 실버는 듬직하군. 신과는 전혀 달라."

"그게 무슨 소리야?"

"신 군은 세계에서 제일 듬직해요. 그보다 샤를, 저 아이를 소개해줄래요?"

"응! 알았어!"

오그의 농담에 상처받은 내 마음을 보듬어준 시실리는 아이들과 함께 온 여자아이가 궁금했던 모양이다.

샤를에게 물으니 샤를은 그 아이의 손을 잡고 우리 앞으로 네려왔나.

"아까 샤를의 친구가 된 알리샤!"

"저와도 친구가 됐답니다."

"오, 벌써 친구가 생겼어? 잘됐네."

"응!"

여자아이를 데려온 샤를은 방금 생긴 친구라고 소개했다. 그리고 비아와도 친구가 된 모양이었다.

"일리샤, 안녕. 샤를의 아빠야."

"엄마예요."

"샤를과 친구가 되어줘서 고마워. 사이좋게 지내줘."

"후후, 집으로도 놀러 와요."

"네, 네에……."

나와 시실리가 알리샤에게 말을 걸자 알리샤는 새빨개진 얼굴을 숙이며 대답했다.

초등학원 1학년 아이가 갑자기 동급생 부모와 만나면 긴장할 것 같아서 되도록 자상하게 말했는데, 역시 긴장했나 보다.

얼굴이 붉어진 걸 보면 말이지.

"옥타비아의 아버지다."

"어머니예요."

"……!"

오그와 엘리가 말을 걸자 알리샤가 고개를 퍼뜩 들었다.

"처, 처음 뵙겠습뉘다! 바이마르 백작가의 장녀, 알리샤라고 항미댜!"

"…….

혀가 꼬였네.

응, 엄청 꼬였어.

알리샤는 다시 얼굴을 붉히고 울먹이며 고개를 숙였다.

야, 오그, 발음은 꼬였지만 어엿하게 인사했잖아. 웃음 참느라 어깨를 들썩이지만 말고 뭐라고 말 좀 해.

그렇게 생각하며 웃지 않도록 이를 악문 왕태자 부부를 노려보았다.

그러자 엘리가 헛기침하고는 알리샤에게 말을 걸었다.

"정중한 인사, 고마워요. 비아와 친구가 되어줬다면서요? 이 아이는 샤를 말고는 동성 친구가 없었거든요. 친하게 지내줬으면 좋겠어요."

그렇게 말하며 부드럽게 미소 지은 엘리.

발음이 크게 꼬여 부끄러워하던 알리샤는 엘리의 말과 표정을 보고 다시 침착해진 듯했다.

"아, 아니요! 저야말로 잘 부탁드립니다! 그보다, 저……."

"왜 그러시죠?"

"저, 저 같은 게 옥타비아 왕녀님의 친구여도…… 괜찮을까요?"

알리샤는 자신을 상당히 낮잡아 보는 듯하다.

그보다 어떻게 친구가 된 서시?

"응? 뭐야, 비아. 혹시 친구가 되라고 강제했나?"

"그런 적 없어요. 그런 말은 실례라고요, 아버님."

오그의 질문을 받은 비아는 고개를 휙 돌려버렸다.

토라진 비아에게서 이야기를 들을 수 없겠다고 판단한 오그는 본인에게 직접 묻기로 한 모양이다.

"바이마르 양."

"네!"

왕태자인 오그가 말을 걸어서인지 알리샤는 차렷 자세가 됐다.

"어쩌다 이렇게 됐지?"

"저, 저기, 그건, 그러니까……."

오그의 말에 알리샤는 얼굴이 창백해지더니 말이 잘 나오지 않게 됐다.

이 녀석, 평소 우리를 대할 때와 같은 태도로 말을 걸잖아.

우리는 이미 익숙해졌지만 이 아이에게 오그는 왕태자다.

왕족이 말을 거는데 긴장하지 말라는 건 말이 안 되지.

게다가 이 아이는 초등학원 1학년이잖아?

아, 당장에라도 울 것 같네.

도와주려고 할 때 예상치 못한 인물이 말했다.

"알리샤는 샤를에게 주의를 줬어요. 그 모습이 멋져서 샤를의 친구가 되어 폭주를 막아달라고 내가 부탁해서 친구가 됐어요. 그랬더니 비아가 샤를의 친구라면 자기 친구라고 말했어요."

오, 오오? 평소 묵묵히 다른 사람을 그다지 신경 쓰지 않는 레인이 알리샤를 도와주다니.

"레인…… 너, 그렇게 길게 말하다니……."

레인의 어머니인 크리스 누나가 이상한 부분에 감동했다.

하지만 확실히 드문 일이네.

알리샤도 설마 이렇게 자신을 도와줄 줄은 몰랐는지 깜짝 놀란 얼굴로 레인을 보았다.

"그랬군. 바이마르 양은 그래도 괜찮았던 건가?"

"아, 네!"

"그런가, 그렇다면 내가 할 말은 없지. 샤를은 물론 비아도 잘 부탁한다."

"아, 아니요! 저야말로! 잘 부탁드립니다!"

오그에게 부탁받은 알리샤는 무릎에 얼굴이 닿지 않을까 싶을 정도로 깊숙이 고개를 숙였다.

그나저나 이 전개는 좀 의외네.

"맥스가 아니라 레인이 상황을 설명한 건 확실히 의외였어."

내가 그렇게 말하자 지금까지 말하지 않았던 맥스가 나를 보며 생긋 웃었다.

"잠깐 분위기를 파악했어요."

"분위기? 무슨?"

"비밀."

아…….

무슨 말이지?

다들 뭔가 초등학원생이 되고서 갑자기 성장한 것 아니야?

샤를은, 뭐…… 그다지 변하지 않았지만…….

아이들의 성장이 기쁘기도 하고 쓸쓸하기도 해서 감회에 빠져 있었는데 갑자기 어떤 사실이 떠올랐다.

"그러고 보니 알리샤네 부모님은?"

"아."

왕태자와 조우하는 예상 밖의 사건으로 부모님을 깜빡하고 있던 알리샤가 주위를 둘러보며 부모를 찾았다.

"아, 저기 있……."

부모님을 발견했는지 그 시선을 따라 고개를 돌리니 나보다 연상인 남성과 여성이 입을 떡 벌리고 이쪽을 바라보는 모습이 눈에 들어왔다.

바이마르 백작 부부겠지.

나는 딸과 친구가 되어줘서 고맙다고 인사하려고 바이마르 백작 부부에게 다가갔다.

다른 사람들도 따라오는 바람에 바이마르 백작은 긴장을 풀지 못하는 모습이었다.

맥스를 본받아서 분위기 좀 파악하라고.

"안녕하세요, 바이마르 백작님이신가요?"

"아, 네! 그렇습니다!"

오그가 있어 긴장했는지 바이마르 백작은 나를 보고도 긴장한 것만 같았다.

"처음 뵙겠습니다, 신 월포드입니다."

"네! 알고 있습니다!"

"이번에 따님이 우리 딸과 친구가 되어준다고 해서요. 고맙습니다."

"아니요, 당치도 않습니다! 저희야말로 감사합니다!"

역시 많이 긴장했네. 목소리가 무척 크다.

바이마르 백작가는 긴장하면 목소리가 커지거나 발음이 꼬이는 특징이 있나?

"바이마르 백작, 귀공의 딸과 내 딸이 친구가 됐다더군. 고맙다."

"네! 송구합니다, 전하. 딸에겐 옥타비아 왕녀님께 무례를 저지르지 않도록 잘 일러두겠습니다."

"아, 그렇게 어깨에 힘줄 필요는 없어. 가능하면 대등한 친구로 지냈으면 좋겠군."

"그건…… 과분한 말씀, 대단히 감사합니다."

……어라?

바이마르 백작, 말투는 딱딱하지만 나보다 오그와 대화할 때가 더 긴장을 안 한 것 같은데?

어째서지? 그렇게 생각하고 다른 사람들을 보니 바이마르 백작 부인과 이야기를 나누던 시실리와 엘리가 키득키득 웃으며 말을 걸었다.

"바이마르 백작님은 귀족이니 왕성에서 폐하와 면식이 있을 테니까요."

"반대로 신 씨는 왕성의 업무와 관련된 곳에는 가지 않으니 귀족에겐 오그보다도 만나기 어려운 레어 캐릭터라고요."

레어 캐릭터라는 말은 또 언제 배웠어? ⋯⋯앨리스인가.

그건 그렇고 처음 만나는 것 나뿐이라는 건가.

그럼 긴장되는 것도 어쩔 수 없겠지. 그렇게 이해하고 있으니 엘리가 한숨을 쉬었다.

"뭐, 신 씨가 그렇게 생각한다면 그걸로 됐어요."

무슨 뜻이지?

엘리의 말에 고개를 갸웃하고 있으니 바이마르 백작 부인이 말을 걸었다.

"저, 저기, 신 님."

"아, 네."

말을 걸었기에 무심코 대답했는데, 처음 만나는 사람 대부분은 나를 부를 때 『님』을 붙인다.

뭐, 일단은 나도 이 나라에선 제법 중요한 위치에 있다는 자각은 있지만 난 어디까지나 평민인데 말이지.

그런데도 만나는 사람마다 『님』 자를 붙이거나 별명으로 부르니 이제는 나도 익숙해져 버렸다.

그다지 좋지 않은 경향이라고 생각하며 말을 건 바이마르 백작 부인을 보았다.

"왜 그러시죠?"

"아, 저기, 그게⋯⋯."

바이마르 백작 부인은 뺨을 붉히며 쭈뼛쭈뼛했다.

잠깐, 시실리가 옆에 있으니까 그렇게 행동하면 좀 그런데.

어쩐지 시실리가 있는 쪽에서 서늘한 기운이 느껴지니까!

그렇게 생각하고 있으니 들고 있던 핸드백에서 무언가를 꺼냈다.

"저기! 여기에, 사, 사인을 부탁드려도 될까요?!"

꺼낸 것은 수첩과 펜.

뭐야, 사인이었어?

"네, 그러죠."

순간 이상한 분위기가 됐었기에 그렇지 않은 전개로 이어져 안도한 나는 그다지 깊게 생각하지 않고 바이마르 백작부인이 내민 수첩에 사인했다.

이것이, 실수였다…….

"아! 치사해! 신 님! 제게도 사인을!"

자기 아내가 다른 남자에게서 사인을 받았는데 남편인 바이마르 백작은 그것을 나무라기는커녕 치사하다며 자신도 수첩과 펜을 내밀었다.

"아, 네, 알겠습니다."

"저, 저도!"

"저도 부탁드려요!"

내가 바이마르 백작 부인에게 가벼운 마음으로 사인한 탓에 주변에 있던 사람들이 앞다퉈 내게 몰려들었다.

"자, 잠깐만요! 여러분, 진정하세요!"

어떻게든 해달라고 시실리에게 도움을 요청했지만, 시실리는 쓴웃음을 떠올릴 뿐이고 오그는 어깨를 으쓱이며 한심하다는 표정을 했고 엘리는 황당해했다.

어른은 틀렸어!

그렇게 생각한 나는 아이들에게 도움을 요청했지만…….

"아빠, 인기 많다."

"그러게."

"역시 신 아주버님이세요."

"레인, 이런 곳에서 자면 안 돼."

"……으음."

"흐아아……."

샤를과 실버 남매는 웃으며 지켜볼 뿐이고, 비아는 어째서인지 존경의 눈빛으로 볼 뿐이고, 맥스는 선 채 잠들려는 레인을 잡고 있고, 알리샤는 허둥대고 있다.

여기에 내 편은 없어!

결국 나는 이곳에 있던 대부분의 사람에게 사인을 해주게됐다.

하아, 손이 아프네…….

샤를이 초등학원에 입학하고 얼마 후, 초등학원에서 친구가 된 알리샤가 집으로 놀러 왔다.

그러고 보니 실버가 1학년 때 처음 알렌 군과 크레스타 양

을 집으로 초대했을 땐 아버지가 함께 왔었는데 이번엔 알리샤 혼자 마차를 타고 왔다.

뭐, 알렌 군과 크레스타 양의 아버지와는 그때 처음 만났지만, 알리샤의 부모는 입학식 때 인사했으니까.

그리고 보니 나는 실버가 친구네 집에 놀러 갈 때 인사하러 가지 않았는데 괜찮은 걸까?

실버는 딱히 아무런 말을 하지 않았지만 신경 쓰이니 마찬가지로 놀러 온 알렌 군에게 물어보았다.

"알렌 군, 나는 실버가 친구네 집에 놀러 갈 때 인사하러 간 적이 없는데 그래도 괜찮은 거야? 무례하다거나 실례라고 하지는 않아?"

내가 그렇게 묻자 알렌 군은 그 얼굴에 쓴웃음을 떠올렸다.

"아, 죄송해요, 신 님. 저와 크레스타의 아버지가 친구네 집에 처음 놀러 가니까 인사하러 왔다는 건 구실이에요. 사실은 현자님과 도사님을 만나러 오신 거예요."

실버와 친구가 되고 3년.

초등학원 4학년이 된 실버는 알렌 군을 자주 집으로 초대했기에 처음 왔을 때와 비교하면 상당히 가까워졌다.

지금도 자신의 아버지를 어이없다는 듯이 한숨을 섞어 이야기했다.

"그렇구나. 알렌 군과 크레스타 양의 아버지 세대에게 영웅은 할아버지일 테니까."

할아버지와 할머니의 현역 시절을 아는 것은 아이들의 조부모 세대일 테지만 부모 세대는 어렸을 때 할아버지와 할머니의 영웅담을 듣고 자란다.

어린 시절의 영웅이 있는 집으로 갈 수 있는 구실이 있다면 가고 싶어지는 것도 이해가 된다.

내가 그렇게 고개를 끄덕이니 알렌 군이 또 쓴웃음을 떠올렸다.

"신 님도 그런 대상인데 말이죠."

"그렇게 말해도 말이지."

나는 영웅을 바란 적이 없고 눈앞에 닥친 문제를 해결했더니 어느새 지금의 별명으로 불리게 된 인상이 강하다.

그러니 지금 상황은 당황스러울 뿐 자랑할 생각은 없다.

그런 사실을 알렌 군에게 이야기하자 알렌 군과 함께 온 크레스타 양도 놀란 듯이 눈이 동그래졌다.

실버는 알렌 군과 크레스타 양이 어째서 놀라는지 이해할 수 없는지 어리둥절한 표정이었다.

응, 나도 모르겠어.

"둘 다 왜 그렇게 놀라는 거야?"

나도 알고 싶다. 어째서?

"어? 그야 신 님 정도의 실력을 손에 넣으려면 영웅이 될 각오로 수행하지 않으면 무리잖아?"

"오히려 자연스럽게 영웅이 됐다니 놀라워요……."

아, 그런 건가.

"뭐, 그건 환경 탓이겠지. 나는 알다시피 어렸을 때부터 할아버지와 깊은 산속에서 살아서 아이가 마법을 써선 안 된다는 것도 몰랐거든. 그래서 할아버지 할머니가 마법을 쓰는 것을 보고 흉내내서 마법을 쓸 수 있게 됐지."

이건 내 이야기를 다룬 책에서 실린 일이라 알렌 군과 크레스타 양도 알고 있는 듯했다.

요즘은 마력이 폭주하지 않도록 안정시키는 마도구를 내가 발명해서 마법 사용 시작 연령이 10살까지 내려갔지만, 그 이전에는 정신적으로 미성숙한 아이가 마력을 다루면 폭주하는 사고가 일어나는 일도 있어서 중등학원생이 될 때까지는 마법을 알려주지 않았다.

뭐, 법률로 엄격히 금지된 것은 아니고 추천하지 않는 정도였지만.

그것을 몰랐던 것은 할아버지가 그런 부분에서 둔감했던 것과 당시엔 할머니가 함께 살지 않았기에 나를 계속 지켜보지 않았다는 점이 크다.

할머니가 깨달았을 때는 이미 내가 마법을 쓸 수 있게 된 이후여서 골머리를 앓으셨다.

그 후에 할아버지가 호되게 혼난 것도.

"뭐 그런 식으로 일반적인 상식을 모른 채 어렸을 때부터 마법을 계속 썼거든. 거기다 비교 대상이 할아버지밖에 없었고, 할아버지는 연세도 있는 데다 그런 깊은 산속에 은거하셨으니 도시에는 더 굉장한 마법사가 잔뜩 있을 줄 알았지."

""현자님보다 굉장한 마법사라니…….""

"할아버지가 현자님으로 불린다는 것도 15살 생일에 처음 알게 됐어. 그전에는 할아버지도 할머니도 옛날 얘기를 전혀 하지 않으셨거든. 그리고 그 무렵엔 목표였던 할아버지를 넘어설 수 있었지. 그때는 아직 일반적인 마법사의 수준을 몰라서 고등 마법학원 입학시험에서 여러모로 저질러버리는 바람에……."

옛날 생각이 난다. 그 시험 때의 일은 이야깃거리가 됐다고 당시 담임이었던 알프레드 선생님에게 들은 적이 있다.

"그리고서는 대부분 책에 적힌 그대로이려나? ……부끄러워서 제대로 읽은 적은 없지만."

결국 내가 사람들에게 마법사의 왕이라는 등의 소리를 듣게 된 것은 전생에는 없었던 마법이 너무 재밌어서 마구마구 단련했기 때문인 것과 마법을 알려준 사람이 당시 최고위 마법사였던 할아버지였기 때문이다.

내가 특별한 재능이 있는 것도 아니고 과거 담에 있던 히이로 씨의 말처럼 치트 능력을 지닌 것도 아니다.

그저 일반적인 상식을 몰랐기 때문이다.

그래서 주위에서 영웅이니 뭐니 말해도 그러지 말라고 애원하고 싶어진다.

그런 말을 하니 알렌 군과 크레스타 양은 그제야 이해가 된다는 표정이 됐다.

"신 님이 역대 최고의 마법사인데도 그렇게 겸허한 건 그런 사정이 있었기 때문이군요."

"굉장해요! 이건 『새로운 영웅 이야기』에도 적혀있지 않은 새로운 사실이에요!"

알렌 군은 감탄한 모양이지만, 크레스타 양은 다른 일로 감동한 듯하다.

크레스타 양은 집에 처음 왔을 때와는 많이 달라졌네.

나와 시실리는 가끔 크레스타 양이 책에 적힌 내용······ 특히 연애 관련 내용을 물어보는 경우가 많았지만, 최근에는 그 이외의 것도 질문하게 됐다.

우리의 실제 연애와 책에 적힌 내용에 약간의 차이가 있는 사실에 관심을 두더니, 현실적인 내용을 어떻게 편집하면 독자의 흥미를 끄는 내용이 될 수 있는지에도 흥미가 생긴 듯했다.

크레스타 양은 작가가 되고 싶은 걸까?

아니, 그 모습을 보고 있으면 2차 창작가가 될 것 같은 조짐도 있다.

할아버지, 할머니의 이야기도 2차 창작이 산더미처럼 나왔다고 하고, 나는 잘 모르겠지만 우리의 이야기도 2차 창작이 있다고 한다.

우리의 학원 생활을 창작해서 학원물로 발표된 정상적인 작품도 있고, 나와 오그의 얽힌 관계를 그린 무서운 이야기 까지 있다고.

……아직 9살이니 크레스타 양이 그쪽에 흥미가 있을 것 같지는 않지만 되도록 그쪽 방면으로는 나아가지 않았으면 한다.

지금부터 유도해야 하나?

아니, 지금부터 장래를 정하는 건 좋지 않아.

하지만 만약 크레스타 양이 작가에 흥미가 생긴다면 얼티 밋 매지션즈의 사무원인 알마 씨를 소개해주는 것도 괜찮을 것 같다.

그녀는 『아말리에』라는 필명으로 소설을 쓰고 있는 인기가 제법 많은 작가다.

그 일만으로도 충분히 먹고살 수 있지만 그녀는 담에서 파 견된 얼티밋 매지션즈의 사무원이라는 입장이 있다.

그것이 꽤 중요한 입장이라 함부로 퇴직할 수는 없다.

본인도 그럴 생각은 없다고 하고.

그녀가 쓴 작품은 순애물이 많은데, 어긋난 세계에 발을 들이지 않도록 알마 씨가 이끌어주는 것도 생각해두자.

아, 그러고 보니.

"그러고 보니 너희도 이제 곧 10살이지? 마법사 적성 검사 는 이미 했니?"

내가 그렇게 묻자 알렌 군과 크레스타 양은 고개를 끄덕였다.

"네. 마법사 적성이 있었어요."

"저도요."

아까도 말한 것처럼 마법을 배우는 나이가 10살로 낮아졌기에 두 사람도 곧 마법을 배우게 된다.

다만 정확하게 10살에 마법을 배우려면 생일이 빠른 아이와 늦은 아이가 배우기 시작하는 시기가 달라지니, 초등학원 4학년이 되면 일괄적으로 시작하는 것이 일반적이다.

그보다 처음에 가르치기 시작하고서야 그 문제가 발각됐었지.

엄밀히 말하자면 10살이라는 나이도 이유가 있는 것이 아니다.

왕족인 메이가 10살부터 마법을 배우기 시작해도 괜찮았다는, 그저 그뿐인 이유였다.

그래서 학생 모두가 10살이 되는 초등학원 4학년부터 배우게 됐다.

그나저나 그렇구나, 둘 다 마법사 적성이 있단 말이지.

"나도 적성이 있었어. 같이 힘내자."

그렇다, 실버도 마법사 적성이 있었다.

마법사 적성이 유전과 관계가 있는지는 알 수 없지만, 친부모인 슈투름과 밀리아도 마법을 사용했기에 실버도 마법을 쓸 수 있을 확률이 높으리라고 생각했다.

이쪽 세계 사람은 반드시 마력을 지닌다.

그 마력을 기초 마력이라고 부르는데, 마도구는 그 기초 마력에 반응해서 발동하기에 마법을 쓸 수 없는 사람도 마도구를 사용할 수 있다.

마법사 적성은 그 기초 마력으로 대기 중에 있는 마소에 간섭할 수 있는지로 정해진다.

할 수 없는 사람은 평생 할 수 없다.

아니, 방법이 없는 것은 아니다.

그러나 그 방법을 선택한 사람을 두 명 알고 있지만, 둘 다 마인이 되고 말았다.

절대적인 금기다.

그러고 보니 요즘 들어 마법사 적성을 지닌 사람이 늘어난 것 같다.

메이의 친구인 콜린 군과 아그네스 양도 마법사 적성이 있었다.

알렌 군과 크레스타 양도 그렇다.

그러고 보니 마력 제어용 마도구는 월포드 상회에서 만드는데 매년 수주량이 늘고 있는 것 같다.

……흠, 이건 좀 조사해볼 필요가 있을지도 모르겠네.

그런 생각을 하는 동안에도 세 아이는 대화를 주고받았다.

"아, 맞다. 아버지. 알렌과 크레스타 양에게도 마법을 알려주면 안 돼?"

"응? 그래, 알았어."

""네?!""

실버의 부탁에 내가 가볍게 대답하자 알렌 군과 크레스타 양이 벌떡 일어났다.

""그, 그래도 되나요?!""

둘 다 그렇게 말하지만 알렌 군과 크레스타 양은 실버의 소중한 친구다.

그 정도는 별일도 아니다.

"그래, 물론이지. 실버에겐 이미 가르쳐줬으니 너희에게 알려줘도 별문제 없어."

""네?""

내 대답에 알렌 군과 크레스타 양이 실버를 보았다.

살며시 째려보는 눈으로.

두 사람의 시선을 받은 실버는 쓴웃음을 지으며 뺨을 긁적였다.

"아, 아하하. 아버지에게 부탁하니 알려주셔서⋯⋯."

실버는 어렸을 때부터 마법에 관심이 있어서 알려달라고 부탁했었다.

평소 고집을 잘 부리지 않는 실버의 몇 안 되는 고집이었지만, 아이에게 마법을 알려줘선 안 된다는 것을 알고 있기에 그럴 수 없었다.

대신 장난감 마도구를 만들어 실버의 시선을 계속 돌려왔는데, 지난번 초등학원 4학년이 됐을 때 「이제 됐지?! 아버지, 마법을 알려줘!」 하고 초롱초롱한 눈으로 부탁하니 도저히 거절할 수가 없었다.

그 장난감 마도구는 실버의 반응이 좋았기에 일반적으로 판매도 시작했다.

생활용 마도구처럼 물이 나오거나 불이 붙거나 뜨거운 바람이 나오는 것이 아니라, 그저 빛나고 빙글빙글 돌뿐인 물건이라 어린아이에게 인기가 좋았다.

참고로 집에는 내가 만들었지만 아직 판매하지 않는 장난감 마도구…… 마도 완구가 몇 가지가 있는데, 알리샤는 샤를의 방에서 비아를 비롯한 다른 아이들과 그걸로 놀고 있다.

전에 놀러왔을 때 들었는데, 알렌 군과 크레스타 양도 마도 완구를 구매해서 놀았다고 한다.

"……응?"

내가 무언가 걸리는 것 같은 느낌이 들 때, 알렌 군과 크레스타 양은 실버를 다그치고 있었다.

"치, 치사해, 실버! 혼자만 배우다니!"

"마, 맞아요! 거기다 신 님에게 배우다니!"

"지나친 사치라고!"

"정말 그래요!"

"아니, 그래서 아버지한테 너희에게도 마법을 가르쳐줬으면 한다고 부탁한 거잖아."

실버의 말에 정신이 번쩍 든 두 사람은 다시 내 쪽을 보았다.

"잘 부탁합니다!"

"어? 그래, 응."

일단 나는 메이와 콜린 군, 아그네스 양을 가르친 경험이 있으니 괜찮을 것이다.

이제 와서 그걸 걱정하지는 않는다.

그것보다 나는 다른 일이 신경 쓰였다.

"마도 완구라……."

이건 오랜만에 오그와의 안건인지도 모르겠다.

아이들과 대화하고 며칠 후, 나는 오그에게 직접 약속을 잡고 왕성에 왔다.

참고로 그날 놀러온 알리샤는 게이트를 열고 비아를 우리 집에 데려온 오그와 엘리를 보고서 깜짝 놀라 경직됐다.

우리 집에서는 일반적인 일이니 조만간 익숙해질 테지.

알렌 군과 크레스타 양도 이제는 평범하게 오그와 엘리에게 인사하고 잡담을 나눌 수 있게 됐다.

인간은 적응하는 생물이니까.

어쨌든 오늘 방문의 이유는 아이들의 상황 보고가 아니다.

그때 알렌 군, 크레스타 양과 잡담을 나누며 떠올랐던 발상을 오그와 이야기하러 왔다.

"미안하다, 신. 기다리게 했군."

친숙해진 왕족의 개인 공간에 있는 응접실에서 기다리고 있으니 오그가 업무를 마치고 찾아왔다.

"바쁠 텐데 미안."

"아니, 마침 정리된 참이니 문제없어."

알스하이드는 왕족이 이끄는 왕정이지만 모든 정무를 왕이 다루지는 않는다.

당연히 각 방면에 전문 부서가 있고 각각에 국장이 존재한다. 왕족은 국정에 관련된 중요한 안건의 최종 결제가 주된 업무다.

나라의 방침을 정하는 회의에도 참석은 하지만, 그 이외엔 비교적 시간에 여유가 있다.

오늘은 어쩌다 내가 연락했을 때 오그가 집무 중이었고, 그것이 끝나면 만날 수 있다고 해서 이렇게 응접실에서 기다리고 있었다.

"그래서? 상담할 일이라는 게 뭐지?"

"응, 실은 저번에 알렌 군과 크레스타 양이 집으로 놀러 왔는데."

"실비의 친구 말이지? 그래서?"

"그 아이들도 실버와 같은 나이라서 마법사 적성을 조사하잖아. 둘 다 마법사 적성이 있다고 하더라고."

"그렇군. 적성이 있고 없고에 따라 친구 관계가 변하는 일도 있다고 하니 똑같은 건 좋은 일이다."

"그건 그렇긴 한데 조금 신경 쓰여서."

내가 그렇게 말하자 오그가 자세를 바로잡았다.

"신경 쓰인다고?"

"아니, 잠깐. 얼굴이 무섭다고."

"네가 신경 쓰이는 일은 마법계의 대발견으로 이어지는 경우가 많으니 진지하게 묻지 않을 수가 없지. 자, 신경 쓰이는 게 뭔지 말해라."

오그의 기백에 눌리며 나는 저번에 신경 쓰인 일을 말하기 시작했다.

"요즘 마법사 적성이 있는 아이가 늘어난 것 같지 않아?"

"……그런가?"

아, 오그는 역시 깨닫지 못했구나.

뭐, 그것도 그렇지. 올해 마법사 적성이 있는 아이의 수를 일일이 보고하지는 않을 테니까.

내가 알아차린 건 월포드 상회의 회장이기 때문이다.

"해마다 아이용 마력 제어 마도구 판매가 늘고 있어. 처음엔 오차인가 싶었는데 궁금해져서 조사해보니 마법 사용 연령을 낮춘 3년 전과 비교하면 1.2배 정도가 됐어."

"그렇게나?!"

"응. 그래서 뭔가 원인이 있지 않을까 생각했는데, 우리 쪽에서 파는 완구용 마도구가 있잖아?"

마도구와 같은 요령으로 기동하면 빛나거나 빙글빙글 돌뿐인 단순한 장난감.

그렇지만 저연령 아이에겐 상당히 인기가 많아 월포드 상회의 큰 수익을 안겨주는 상품이 됐다.

"그걸 팔기 시작한 게 딱 3년 전쯤이었어."

내가 그렇게 말하자 오그는 내 말을 되새겼다.

"……."

이 녀석이라면 금방 나와 같은 생각에 도달하겠지.

"……그러니까, 유소년기 때부터 마도구를 접하면 기초 마력이 늘어난다는 거야?"

"지금까지 기초 마력은 태어날 때부터 정해져 있고 변하지 않는다고 여겨졌는데, 유소년기에 한해선 다를지도 몰라."

"……확실히 지금까진 유아에게 마도구를 쓰게 하려고 하지 않았으니까. 네가 그 무의미한 마도구를 만들었을 땐 드디어 머리가 이상해진 건 아닌지 걱정했다만……."

"뭐? 너, 그런 생각을 했었어?"

"그야 당연하지. 마도구라면 실용 중시. 어른이 쓸 것을 전제로 만들어져. 설마 유아용 마도구를 개발할 줄은 꿈에도 몰랐으니까."

"뭐, 나도 실버에게 방어용 마도구를 줄 때까진 그런 생각을 한 적이 없었는데 생각보다 실버가 마도구를 잘 다루게 되고 마법에도 흥미를 보이게 됐거든. 어떻게든 신경을 다른 곳에 돌리려고 고민한 결과가 그거야."

"그게 생각지도 못한 부산물을 만든 건가."

"확증은 없어. 검증하지 않았으니까. 하지만 최근 마법사 적성이 있는 아이가 늘어난 것과 내가 유아용 마도구를 판매해 어린아이가 어렸을 때부터 마도구를 접할 기회가 늘어난 시기가 일치해. 관계가 있을지도 모른다고 생각하는 게 보통이잖아?"

내가 그렇게 말하자 오그는 미간을 어루만지며 숨을 내쉬었다.

"검증하지 않으면 발표할 수 없지만, 만약 이게 사실이라면 대발견이군."

"어떡할래? 바로 마법학술원에 보고할까?"

"그건 내 쪽에서 해두지. 이렇게 보여도 고등 마법학원 차석 졸업자니까. 네겐 마도 완구 증산을 부탁하고 싶군. 가능하면 종류도 늘려줬으면 하는데, 할 수 있겠어?"

"종류를?"

"너의 그 마도 완구는 어린아이들이 좋아했지만, 어느 정도 나이가 들면 쓰지 않게 되잖아."

"아, 뭐, 의미가 없는 마도구니까."

"검증한다는 의미로도 어느 정도 나이가 든 어린이까지 스스로 쓸 수 있을 만큼 마도 완구의 종류를 늘렸으면 좋겠다."

"그렇구나, 대상 연령을 올리자는 말이지?"

오그의 말을 들은 나는 씩 웃었다.

"왕태자님의 의뢰라면 전력을 다해 마도구를 개발해야겠네."

"적당히 해도 돼! 알겠지? 적당히다!"

오그가 필사적으로 자중하라고 말하지만, 핵심은 초등학원생을 위한 장난감이다.

경쟁 회사도 없으니 다소 거창하게 만들어도 문제없겠지.

"그럼 바로 개발에 들어갈게. 마법학술원에 보고하는 것하고 어린이가 있는 가정에 알리는 일은 잘 부탁해!"

"아! 잠깐! 아무쪼록! 아무쪼록 적당히 해라!"

오그는 저렇게 말하지만 괜찮다니까.

그래봤자 장난감인데 조금 도가 지나치더라도 어린아이가 좋아할 뿐이고 큰일이 되지는 않을 것이다.

그렇게 나는 장난감 개발에 착수했다.

오그와 이야기한 결과, 유아 때부터 마도구를 사용하면 기초 마력량이 늘어 마법사 적성을 얻을 가능성이 있다는 가정을 얻게 됐다.

그래서 잘못 이용하더라도 해가 없고 초등학원생도 스스로 사용할 수 있는 마노구를 제작하기 위해 나는 빈 공방을 찾았다.

지금의 유아용 마도구는 정말로 그저 빛나거나 빙글빙글 돌뿐이고 그 이후의 발전이 없다.

다만 어린아이는 그것만으로도 즐거워하기에 틈만 나면

그것으로 노는 아이도 많다고 들었다.

그러나 어린아이에겐 재밌어도 초등학원생이 되면 그것만으로는 만족할 수 없게 된다.

사실 실버도 처음엔 즐겁게 놀았지만 점점 흥미를 잃었기에 계속해서 다른 것을 개발했었다.

샤를과 숀은 아직 즐겁게 가지고 놀아주고 있다.

듣자니 알렌 군과 크레스타 양도 요즘엔 써본 적이 없다고.

그러니 오그의 요망이기도 했던 초등학원생도 즐겁게 사용할만한 완구를 만들어야 한다.

그래서 개발에 착수했는데, 혼자서 생각해도 좋은 아이디어가 나오지 않을 가능성이 있기에 사람이 많은 빈 공방을 찾아온 것이다.

"그렇게 돼서 오그가 초등학원생용 마도 완구 제작을 부탁했는데, 뭔가 좋은 생각 없을까요?"

빈 공방에서 내가 평소에 이용하는 작업실에 모인 사람들에게 사정을 설명한 뒤 완구의 아이디어가 없는지 물었다.

여기에 모인 사람은 빈 공방의 공방장이자 마크의 아버지인 해롤드 씨, 마크, 유리.

세 사람은 내 이야기를 들은 뒤 깊은 한숨을 쉬었다.

"신, 너 말이다…… 마크와 유리 아가씨는 그렇다 치고, 내게 그런 국가 기밀을 쉽게 말하면 어떡하냐……."

"네? 아니, 저도 간단히 말한 건 아니에요. 통신기 사업이라는 국가 프로젝트에 관여하신 분이니까 말한 거죠."

내가 개발한 통신기의 유선판.

그것을 사회에 개방하기 위해 나는 권리 등을 국가에 양도했다.

통신 사업은 이권이 말도 안 되게 크니까.

그런 걸 개인이, 한 상회가 맡아도 곤란하다.

그래서 통신 사업은 알스하이드 왕국에 권리가 있고 국영으로 운영한다.

그리고 그 인프라 정비를 맡은 것이 빈 공방.

애초에 내 요청으로 통신기를 만든 것이 빈 공방이니까.

타당한 선발이라고 생각한다.

그런 국가 프로젝트에 기용된 빈 공방의 공방장이기에 나는 이번 일의 배경까지 이야기했다.

"공방장님은 신용할 수 있다는 걸 알고 있으니까요. 그렇게 됐으니 뭔가 아이디어 없어요?"

"너 말이다…… 이거야 원…… 어린이용 장난감이라. 내가 어렸을 때 놀았던 건 술래잡기나 숨바꼭질처럼 뛰어다니는 것뿐이었는데. 마크, 너는 어떠냐?"

"나? 글쎄, 아빠하고 비슷해. 그리고 공방에서 자투리 재료를 사용해서 뭔가 만들었지."

"그러고 보니 그랬지. 유리 아가씨는?"

"저는~ 인형 옷을 갈아입히거나 소꿉친구 정도일까요오?

남자하고 밖에서 같이 놀았던 기억은 별로 없네요오."

"흠, 그렇다면 남자용과 여자용으로 나눠서 생각하는 편이 좋으려나?"

"그렇겠지. 초등학원 전에는 똑같이 놀았겠지만 초등학원생이 되면 남녀가 나뉘어서 노는 게 일반적이지."

"그럼 남자용 마도구는…… 술래잡기나 숨바꼭질에서 발전된 거라면……."

"아이에게 제트 부츠를 쓰게 할 셈이야?! 그런 건 더 크지 않으면 위험해서 안 돼!"

"그렇겠죠. 저도 그건 동의해요. 그렇다면 전혀 새로운 것을 만들어야 하는데……."

"월포드 군."

뭐가 있을지 고민하고 있으니 마크가 말을 걸었다.

"왜?"

"저기 말임다……."

마크는 그렇게 말한 뒤 공방장에겐 들리지 않도록 속닥속닥 이야기했다.

"월포드 군이 전생에서 가지고 논 완구는 어떤 게 있슴까?"

설마 마크가 그런 걸 물을 줄은 몰라 깜짝 놀랐는데, 나보다 더 놀란 사람이 유리였다.

"자, 잠깐! 그런 걸 만들었다간 또 전하가 화내실 거라고오!"

"응? 뭐야? 왜 그래?"

유리가 큰 소리로 말했기에 공방장 아저씨도 이야기에 끼어들었다.

"미안, 아빠. 이건 아빠한테도 말할 수 없는 이야기야."

"그, 그래, 그렇구나. 그럼 됐다. 이 이상 어마어마한 이야기는 안 들어도 돼."

마크의 말을 들은 아저씨가 만에 하나라도 듣지 않으려는 듯이 자기 손으로 귀를 막았다.

그것을 보고 안심했는지 유리가 마크에게 말했다.

"잠깐, 마크. 왜 그런 걸 묻는 거야아?"

"전혀 떠오르는 게 없으니까요. 그럼 다소 위험 부담은 있지만 월포드 군의 전생 이야기를 듣는 게 효율적이잖습니까. 애초에 장난감이니 그대로 재현해도 문제없을 테고요."

"그건 뭐……."

"그러니 월포드 군, 부탁함."

"글쎄……."

마크의 말을 들으니 말해도 될 것 같은데, 뭐가 있을까?

비디오 게임은 모니터도 만들어야 하고 애초에 컴퓨터가 없으니 어쩔 방법이 없다.

애초에 이번 마도 완구 제작은 어린아이가 마도구를 기동하게 만드는 것이 목적이다.

게임기를 만들면 항상 기동해야만 하기에 마석을 써야 한다.

그러니 이건 패스.

게임기 이외라면……

"뭐 없나?"

"참고로 이번 생에 어렸을 땐 뭐로 놀았습까?"

"마법."

"……마법은 놀이가 아니라고요."

"아니, 깊은 산속에 다른 오락이라고는 톰 아저씨가 가져다준 책 이외엔 없었으니까 어쩔 수 없잖아. 아, 그리고 마도구 제작."

"……마도구 제작도 놀이가 아니잖아아."

"어쩔 수 없었어. 달리 할 게 없었으니까."

마크 때문에 생각이 샛길로 빠졌네.

전생의 놀이, 전생의 놀이…….

"모터카…… 아, 이것도 취지가 다른가."

일직선으로만 달릴 수 있는 사륜구동 미니카가 떠올랐지만 그건 계속 들고 있을 수 없으니 가동엔 마석을 써야 할 테고, 마도구를 계속 기동하게 만든다는 취지와 어긋난다.

사실은 마도차가 거리를 달리면 남자아이들이 선망의 눈빛으로 바라보는 사례가 보고되기 때문에 그런 마도 완구를 판매하면 잘 팔릴 것이다.

개조를 위한 각종 파츠도 풍부하게 갖추면 인기가 많을 것 같은데…….

그러나 지금 필요한 것은 계속 기동해야 하는 마도구니

까……

"아, 그렇구나. 그런 방법이 있었어."

"왜 그럼까?"

"뭔가 생각난 거 있어~?"

아이디어가 떠오른 내게 마크와 유리가 반응했다.

"아니, 마도차가 있잖아."

"있죠."

"그걸 작게 만들어서 손으로 조작할 수 있게 만들면 어떨까 하고."

쉽게 말해 『무선조종 자동차』다.

무선 통신처럼 그 조종기에 마력을 보내 장난감 차와 접속할 수 있게 만들면 조작하는 동안에 계속 마도구를 기동해야 하고 즐거워할 테니 좋은 아이디어가 아닐까?

다만 원래라면 한 가지 큰 문제가 있지만, 최근 그 사정이 변했기에 그것도 해결할 수 있다.

그 사실을, 문제점을 말하지 않고 마크와 유리, 그리고 계속 귀를 막고 있던 공방장 아저씨에게 말했다.

그 문제점은 말하지 않아도 딱히 상관없으니까.

"하아…… 신은 굉장하군. 대체 어디서 그런 발상이 나오는 거지?"

공방장 아저씨는 내 과거를 모르기에 순수하게 놀랐다.

그 반응을 본 나와 마크, 유리는 쓴웃음을 지었다.

"이걸로 정해진 것 같습다."

"아니, 신의 발상을 들어보면 큰 문제가 있다고."

역시 공방장 아저씨는 내 간단한 설명을 듣고 이 마도구의 문제점을 깨달은 듯하다.

"그거요?"

"그래. 그 문제를 해결하지 않으면 말도 안 되게 비싼 장난감이 돼. 아이디어는 좋은데 말이지."

"그런데 그 문제점 말인데요, 옛날이면 문제였겠지만 지금은 문제없어요."

"응? 무슨 말이냐?"

나는 그 문제점 해결을 위한 방법을 이야기했다.

"……뭐? 그걸로 괜찮은 거야?"

"네. 실은 그 일로 상담하는 사람이 있었거든요. 그쪽 문제도 이쪽 문제도 해결됐으니 다행이죠."

"……대체 둘이서 무슨 얘길 하는 검까?"

나와 공방장 아저씨가 말하는 내용을 이해할 수 없었던 마크가 그렇게 물었다.

"아, 실은……."

나는 이 마도구를 만들려 하면 원래 발생했을 문제점과 그리고 그것을 해결할 수 있는 사정을 이야기했다.

"하아…… 월포드 군의 주변은 국가 기밀뿐임다……."

"익숙해진 내가 무서워……."

마크와 유리는 둘이서 뭔가 체념한 듯이 한숨을 쉬었다.

그리고 유리는 신경 쓰인 것이 있었는지 질문을 던졌다.

"그건 그걸로 해결됐다고 하고오. 그 장난감, 남자아이들은 좋아할 것 같은데 여자아이들은 어떡할 거야?"

"그게 말이지…… 여자아이한테는 인기가 없을까?"

"글쎄에? 사람마다 다르겠지만 여자애들 모두가 좋아할 것 같지는 않아."

"그렇구나…… 하지만 여자용 장난감이라면 어린이용 꾸미기 용품 정도밖엔 안 떠오르는데."

나는 전생과 지금 모두 남자니까.

솔직히 전생에서도 여자 초등학생이 어떻게 놀았는지 잘 모른다.

그렇게 생각하고 한 말인데, 유리가 내 말에 반응했다.

"어린이용 꾸미기 용품! 그거 좋다아!"

"어린이용?"

"맞아! 우리가 쓰는 브러시가 달린 드라이어, 그거 생각보다 커서 어린이가 쓰기엔 힘들다는 말을 다른 엄마가 했었어."

"아, 그야 성인 여성을 대상으로 한 상품이니까."

"그걸 말이지이, 어린이도 다루기 쉬운 크기로 만드는 거야아! 분명 기뻐하며 쓸 거야!"

"아, 그렇군. 그리고 드라이어라면 매일 사용할 테니까."

"맞아, 맞아!"

"오, 그럼 이걸로 다 나온 건가? 남자아이용은 그 자동차 장난감, 여자아이용은 어린이용 드라이어로."

"좋은 것 같습다."

"좋은 것 같아~."

"좋아. 그럼 바로 개발에 들어갈까. 어린이용 드라이어는 작게 만들 뿐이니까 자동차만 만들면 되겠네. 뭐, 무선 통신기와 마도차의 장치를 간단히 만들면 될 거야."

이렇게 나는 매지컬 컨트롤 카, 줄여서 부르면 매지컨카 개발에 착수했다.

매지컨카 개발에 착수하고 며칠.

원래부터 마도차도 만드는 빈 공방은 그것을 작게 만드는 일 정도는 간단했다.

마도차도 구동 방식은 모터니까.

그것을 조작하는 조종기와 그 구조는 전생의 RC카와 거의 같은 형식을 선택했다.

서보 장치를 만들고 핸들링과 액셀을 사용한다.

이것으로 구조도 간단해지고 가격도 상당히 저렴해졌다.

바로 시작품을 만들고 실제 대상인 어린이, 실버와 알렌 군에게 시범적으로 놀아보게 했다.

집의 정원에 간이 코스를 만들어 그 위를 달리게 했는데…….

맥스와 레인이 자기도 놀고 싶다고 소란을 피워 두 대밖에 없었던 시작품을 놓고 다툼이 발생했다.

결국 교대로 놀게 했는데 아직? 빨리! 하고 계속해서 순서를 재촉했다.

그리고 이건 마도구를 기동하지 못하면 쓸 수 없으니 우리 집 차남인 숀(3살)이 놀지 못해 울고 말았다.

『마도구 연습, 잔뜩 할 거야!』

그렇게 울며 선언할 정도로 놀고 싶었던 모양이다.

이거라면 계속해서 마도구를 사용해 놀게 한다는 목표도 달성할 수 있을 것 같다.

다만 디자인이 실제 마도차와 같으면 촌스럽다는 소리가 나올 것 같아 오히려 그 외관 제작에 시간을 제일 많이 들였다.

아이들에게 다양한 의견을 들으며 아이들에게 반응이 좋은 모양이 만들어진 다음 매지컨카가 완성됐다.

어린이용 드라이어는 더 간단해서 무엇을 만들지 정하는 회의를 한 그날에 시작품이 완성됐다.

나머진 실제로 사용하는 사람의 의견으로 샤를과 크레스타 양, 그리고 새롭게 샤를의 친구가 된 알리샤에게 사용하게 한 뒤 문제점을 개선했다.

비아는 참여하지 않았다.

왕녀님은 몸단장을 고용인에게 맡기고 스스로는 하지 않으니까.

세 사람의 평가는 기능과 사용감은 문제없어서 당장에라

도 매일 쓰고 싶다고 한다. 크레스타 양과 알리샤는 시작품 구매 의사까지 보일 정도.

문제점이라면 외관이 귀엽지 않은 것이라고 한다.

뭐, 시작품 매지컨카와 드라이어는 성인용 상품을 그대로 작게 만든 것뿐이니 어린이에겐 멋이 없게 보이겠지.

이 단계에서 비아도 참여해 넷이서 이런저런 상담을 나눈 결과, 여자아이들이 만족할만한 외관이 만들어지고 어린이용 드라이어도 완성됐다.

그리고 완성품이 만들어졌으니 오그에게 연락했다.

"그래서 이게 그 완성된 장난감인가."

"그래. 이건 이미 알고 있겠지만 어린이용 드라이어야."

"저도 개발에 참여했어요! 이 디자인은 제 생각을 채용한 거예요, 아버님!"

"누님이 만든 거야?"

오그의 옆에서 비아가 자랑스러운 듯이 말했다.

그리고 오그를 끼고 비아의 반대쪽에는 비아보다 작은, 오그를 닮은 남자아이가 앉아 비아의 말에 눈이 휘둥그레졌다.

오그와 엘리의 두 번째 아이, 제1왕자 노바크 군이다.

평소엔 다들 노바 군이라고 부른다.

그 노바 군이 선망의 시선을 보내 자존심이 충만해졌는지 비아는 의기양양한 얼굴이 됐다.

그런 비아를 보고서 오그가 미소 지으며 그 머리를 쓰다

듣었다.

"확실히 여아용의 귀여운 디자인이군."

"네. 정말 애 많이 썼네요, 비아."

"누님, 굉장해!"

"후후."

오그가 비아의 머리를 쓰다듬으며 높이 평가하고, 엘리도 비아를 칭찬하고, 노바 군이 감탄하자 비아는 부끄러워하면서도 당당히 가슴을 폈다.

"하지만 문제는 이거다."

"문제?"

실버와 알렌, 맥스와 레인에게도 호평이었고 숀도 가지고 놀기 위해 마도구 연습을 하겠다고 말할 정도의 매지컨카가 문제라고?

무슨 뜻이지? 그런 얼굴로 바라보니 오그가 한숨을 쉬었다.

"너, 이거 마석을 쓴 거지?"

"응."

매지컨카의 모터와 스테어링 사보 구동을 위해 작은 마석을 사용했다.

그러지 않으면 움직이지 않으니까.

"너 말이다…… 어린이용 장난감에 마석을 사용하다니……."

오그는 그렇게 말하고 골치 아파하는데, 혹시 모르는 건가?

"쿠완롱에서 대량의 마석이 수입되고서 문제가 생겼다는

건 몰랐어?"

"마석 수입 문제? 뭘 말하는 거지? 너무 많아서 바로 떠오르는 건 없군."

"수송 문제."

"……아, 마석 파손 말인가?"

"응, 그기."

나에게 상담했다는 문제가 그것이다.

쿠완롱과의 교역으로 최대 핵심 사업이 된 마석 수입.

그것을 담당하고 있는 샤오린 씨가 수송할 때 마력끼리 부딪혀 파손되는 바람에 판매할 수 없을 정도로 작은 마석이 생긴다며 상담을 했었다.

그렇다면 마석과 마석 사이에 완충재를 넣으면 되는 게 아닌지 조언했지만, 마석은 쿠완롱에선 헐값에 팔릴 정도로 흔한 물건.

그런 물건을 위해 일회용 완충재를 사용하는 것은 아깝다.

파손되어도 들이마실 정도로 바스러지는 것은 아니기에 딱히 위험하지 않다.

그렇다면 차라리 다소 파손되어도 상관없도록 대량으로 쌓겠다며 쿠완롱 본국의 상회에서 내 제안을 거절했다.

그래서 결국 파손된 작은 마석……『부스러기 마석』이 대량으로 발생했다.

부스러기 마석은 작아서 마도구에 사용하기에는 출력이

부족하다. 그래서 이용 가치가 없는 마석이 대량으로 발생하고 말았다.

그러나 그런 이용 가치가 없는 작은 마석이 바로 이 마도완구, 매지컨카에 필요한 것이었다.

"마석을 운반할 때 생기는 부스러기 마석으로도 충분히 출력을 얻을 수 있으니, 다른 곳에는 쓸 수도 없고 폐기도 못 하는 부스러기 마석을 이용한 거야."

공짜로 대량을 손에 넣을 수 있는 마석을 사용했기에 그만큼 제품의 단가가 저렴하다.

그래서 저렴하게 판매할 수 있다.

그것이 저쪽과 이쪽 문제를 모두 해결할 방법이라고 공방장 아저씨와 대화해 내린 결론이다.

내가 설명을 마치자 오그는 이해했다는 표정으로 조종기를 손에 들었다.

"그렇군. 그럼 이건 어떻게 노는 거지?"

"음, 일단 이 매지컨카를 넓은 곳에 두고서. 왼쪽 엄지에 마력을 담아 레버를 앞으로 밀어 봐."

"이렇게?"

내 설명대로 오그가 마력을 담으니 매지컨카가 움직였다.

"음, 오, 움직였다?!"

"오른쪽 엄지의 레버에 마력을 담아 좌우로 밀면 그 방향으로 꺾어져."

"이, 이렇게?!"

내 설명대로 오그가 조종기를 조작하자, 매지컨카가 방을 종횡무진 질주했다.

"왼쪽 레버를 뒤로 당기면 후진도 해."

"음, 그렇군. 이건 부딪히거나 할 때 편리하겠어."

매시컨카의 조종 방법은 그게 전부다.

바로 요령을 파악한 오그는 한동안 방안에서 매지컨카를 몰았다.

방안을 달리는 매지컨카를 말없이 바라보는 우리들.

"흐아아……."

아, 노바 군 혼자 감탄하고 있네.

집에서도 숀을 매료시킨 매지컨카는 같은 나이의 노바 군의 마음도 사로잡은 모양이다.

한동안 노바 군의 감탄하는 목소리만이 울렸다.

그 시간을 견디지 못한 쪽은 비아였다.

"아버님도 맥스와 레인하고 똑같네요. 계속 조종기를 놓지 않으시는 걸 보면요. 어른이면서."

친구인 남자아이들과 똑같은 상태가 된 오그를 본 비아는 황당하다는 듯이 한숨을 쉬었다.

그 말이 은근히 충격이었는지 오그는 매지컨카를 발밑으로 오게 한 후 조종기를 내게 돌려주었다.

"저도! 저도 하고 싶어요!"

노바 군이 그 조종기를 졸랐지만 이건 마도구.

기동할 수 없으면 놀 수 없다고 오그가 설명하자 노바 군은 잠시 충격받은 표정이 된 후, 눈물을 참으며 진지한 얼굴로 마도구를 연습하겠다고 선언했다.

설마 3살 어린아이가 스스로 마도구 기동 연습을 하겠다고 말할 줄은 몰랐는지 오그의 눈이 살짝 커졌다.

"그렇구나. 그럼 마도구를 제대로 기동할 수 있게 되면 노바의 것도 사주마."

그 말에 노바 군의 눈이 반짝였다.

"알겠습니다! 약속이에요, 아버님!"

"그래."

오그는 미소 지으며 노바 군의 머리를 쓰다듬고 나를 보았다.

"음, 제법 재밌는 장난감이군. 이거라면 초등학원 상급생들도 쓸 것 같다."

"어른도 즐거워할 정도니까요."

매지컨카의 감상을 말한 오그에게 냉담히 반응하는 비아.

"아니, 비아. 이건 실제로 대단한 물건이야. 어린이뿐만 아니라 어른도 좋아할 물건이지."

"확실히 오그가 신 씨와 놀 때 이외에 이렇게 즐거워한 건 오랜만이었네요."

"그만큼 이 마도구는 대단해."

"저도 잠시 만져봐도 될까요?"

"그래, 엘리도 조종해봐."

오그가 그렇게 말했기에 엘리에게 조종기를 건넸다.

아까 설명을 들었기에 엘리는 바로 매지컨카를 몰 수 있었다.

엘리는 마법을 쓸 수 없지만 마도구는 기동할 수 있다.

그러니 매지컨카도 문제없이 움직였는데…….

"어머? 어머, 어머?"

다만 마도구를 기동할 수 있는 것과, 그것을 잘 다루는 것은 다른 문제라서…….

엘리는 매지컨카를 생각대로 조종하지 못했다.

그 결과…….

"으앗!"

"꺄악!"

방에서 대기하던 시종과 호위, 메이드들을 향해 매지컨카를 폭주하고 말았다.

우왕좌왕 도망치는 시종들과 메이드들.

역시 호위병들은 도망치진 않았지만 엘리가 조종하는 매지컨카를 억지로 막는 것은 내키지 않는 듯했다.

생각지 못한 매지컨카의 폭주에 노바 군은 크게 즐거워했다.

그 결과 방안이 큰 혼란에 빠졌다.

"어머? 어머? 어머?"

"에, 엘리! 이제 충분하잖아?! 조종기를 놔!"

"네? 아, 네."

엘리는 살짝 패닉에 빠졌는지 오그의 놓으라는 말에 두 손을 활짝 펼쳐 그대로 조종기를 놓았다.

"으앗!"

아무래도 그 높이에서 떨어지면 망가질지도 모르니 다급히 잡았다.

"어머, 미안해요, 신 씨. 망가뜨릴 뻔했네요."

"아니, 괜찮아. 문제없어."

"그나저나…… 제법 재밌네요."

""응?""

그런 조작 불능 상태였는데…… 재밌었다고?

"뭐랄까, 그렇게 종횡무진 달리니 상쾌하네요. 신 씨, 저도 하나 사도 될까요?"

"아, 응. 그건 물론 상관없는데……."

설마 구매하고 싶다고 말할 줄은 몰랐기에 오그를 보니 굳은 표정이었다.

"……그건 상관없다만 달리는 건 전용 주행장을 만들고 나서야. 성안을 달렸다간 부상자가 나올지도 모르니까."

"어머! 전용 주행장을 만들어줄 건가요? 벌써부터 기대되네요."

어쩐 일인지 엘리가 즐거워 보인다.

매지컨카가 그렇게나 마음에 든 건가…….

오그는 그렇다 치고, 엘리는 정말 의외네.

왕태자비도 즐긴다는 소문이 돌면 여자에게도 인기가 생기지 않을까?

……뭐, 저 실력으론 사람들에게 주행을 선보이는 건 그만두는 편이 좋겠지.

"어머님! 어머님, 멋져요!"

매지컨카를 폭주시킨 엘리를 보고 흥분을 삭히지 못하는 노바 군.

뭐가 그렇게 너의 심금을 울린 걸까?

이 아저씨는 잘 모르겠네.

"노바…… 너 말이야……."

누나인 비아도 전혀 이해하지 못하는 모양이다.

"으, 으음! 어쨌든 이건 내 상상을 훨씬 뛰어넘는군. 서둘러 이걸 판매해 아이들에게 마법사 적성이 나타날지 추이를 살펴보자."

"그래. 마법사 적성 재검사도 할래?"

"하지 않으면 검증할 수가 없으니까. 1년간 상태를 살피다 재검사해야겠군."

이렇게 매지컨카와 어린이용 드라이어는 왕가의 보증으로 판매가 승인됐다.

그 결과 알스하이드뿐만 아니라 주변 모든 국가에 순식간에 매지컨카와 어린이용 드라이어가 보급됐다.

자, 그럼 어떤 결과가 나올지 벌써 기대가 된다.

◆

　매지컬 컨트롤 카, 줄여서 매지컨카와 어린이용 드라이어가 발매되고 며칠 후, 알스하이드 초등학원에선 모든 학생 사이에서 그 두 신상품 이야기가 끊이질 않았다.

　"어제 예약한 매지컨카가 도착했어!"

　"뭐?! 좋겠다! 우리 집은 아직인데!"

　"어머? 머리가 흐트러졌네. 내가 드라이어로 고쳐줄까?"

　"괜찮아. 나도 갖고 있으니까."

　학원 여기저기서 그런 대화가 들렸다.

　그 소리를 들으며 실베스터와 알렌은 복도를 걸었다.

　"하아, 다들 벌써 갖고 있는 건가. 발매하자마자 순식간에 대인기 상품이 됐네."

　"그런가 보네."

　"역시 신 님은 굉장해. 이런 대인기 상품을 만들다니."

　"응, 굉장해."

　아버지 칭찬에 실베스터는 기쁜 듯 미소 지었다.

　그런 실베스터를 본 알렌은 가슴이 훈훈해졌다.

　학생들 사이에서 이렇게나 화제가 된 매지컨카와 어린이용 드라이어는 실베스터의 아버지가 경영하는 월포드 상회가 새롭게 판매를 시작한 상품이다.

　현재 물량이 부족해서 예약해도 며칠에서 몇 주는 기다려

야만 손에 넣을 수 있는 대인기 상품이 됐다.

실베스터는 월포드 상회장의 아들이기에 그런 상품을 우선적으로 손에 넣을 수 있는 입장이다.

그러나 실베스터는 그 사실을 자랑하지도 않고 그 대인기 상품을 개발한 아버지에 관해 기쁘게 이야기할 뿐.

우월감에 잠기고 싶은 게 아니라 그저 아버지가 자랑스러운 것이리라.

자신이 실베스터였다면 모두에게 자랑하고 다녔을 것이라고 생각한 알렌은 실베스터의 올곧은 심성이 부러워졌다.

그런 대화를 나누며 교실로 들어가자 몇몇 남학생이 두 사람에게 다가왔다.

"알렌 님, 이제 얼마 안 남았네요!"

"응? 뭐가?"

학생이 기대할만한 행사가 있었나 궁금해진 알렌은 고개를 갸웃했다.

그 모습에 설마하는 표정으로 마주 본 남학생들은 알렌에게 필사적으로 설명했다.

"그야 당연히 마법 실습이죠!"

알렌은 그 말을 듣고서야 이해했다.

"그러고 보니 그랬지. 깜빡 잊고 있었어."

그 말에 두 남학생은 깜짝 놀라 입을 떡하니 벌렸다.

"잊고 있었다니……."

"알렌 님은 마법 실습이 기대되지 않으세요?"

두 남학생은 드디어 시작되는 마법 실습이 너무나도 기대됐지만, 아무래도 알렌은 냉담한 모습이었다.

요즘 아이들에게 마법이란 최대의 관심사.

그것을 잊는 것이 가능할까?

그런 생각이 든 알렌은 당황한 두 남학생에게 다급히 말을 맞췄다.

"어, 아니. 당연히 기대되지. 다만 요즘에 좀 다른 일로 바빠서 깜빡했어."

"마법 실습을 깜빡할만한 일이라니……."

"너희, 매지컨카는 갖고 있어?"

알렌의 입에서 지금 제일 뜨거운 주제가 나오자 흥분한 두 남학생이 답했다.

"물론이죠! 저는 어제 도착했어요!"

"저는 그제요! 알렌 님도 갖고 계시죠?"

"응, 그렇지 뭐."

알렌은 그렇게 말한 뒤 실베스터를 힐끔 보았다.

그 시선을 알아차린 두 남학생은 약간 질투가 담긴 눈으로 실베스터를 보았다.

"월포드는 좋겠다. 그거 마왕님께서 만드신 거지?"

"그럼 당연히 갖고 있겠네."

"하하, 맞아."

매지컨카는 월포드 상회 회장 신 월포드가 만든 신상품.

그 자식인 실베스터는 갖고 있는 것이 당연하다.

두 사람은 화제의 신상품을 누구보다도 빨리 손에 넣을 수 있는 환경이 부러워서 참을 수 없었다.

그때 알렌이 추가 정보를 알려주었다.

"그 매지컨카 말인데, 우리도 개발에 참여했었어."

""……!""

알렌의 발언에 눈이 휘둥그레진 두 남학생.

주변에 있던 학생들도 같은 표정이 됐다.

"어, 어어, 어떻게 된 건가요?! 알렌 님!"

"그, 그 상품 개발에 참여했다니……."

"응. 뭐, 신 님이 도와달라고 말씀하셔서."

"시, 신 님이요?!"

신이 직접 의뢰했다는 사실에 깜짝 놀란 두 사람.

어쩐지 조금 우월감에 빠진 알렌.

그런 세 사람을 보며 쓴웃음을 떠올린 실베스터가 사정을 설명했다.

"어린이용 상품이라 어린이의 의견이 필요하다고 하셨거든. 아버지가 만든 시작품에 감상을 말한 것뿐이야."

실제로 실베스터와 알렌이 한 일이라고는 시작품의 외형에 의견을 말했을 뿐.

실제 구동 부품과 조종기와는 전혀 연관이 없다.

그러나 알렌은 지금 대인기가 된 상품 개발에 일부라도 참여한 사실이 너무나도 자랑스러웠다.

남들이 더 부러워했으면 하는 알렌은 별것 아니라는 듯이 말한 실베스터를 불만스러운 표정으로 보았다.

"뭐야. 더 자랑하라고, 실버. 의견을 말한 다음 시작품에는 우리의 의견이 제대로 반영됐었잖아."

"하하, 그랬지."

"뭐, 그렇게 됐어. 우리는 매지컨카 개발을 돕느라 마법 실습을 깜빡한 거야."

"그, 그랬군요."

알렌의 말에 두 남학생은 고개를 끄덕였다.

자신들도 그 상품 개발에 참여했다면 마법 실습을 잊어버렸을지도 모른다.

그 이야기엔 그만한 설득력이 있었다.

그러나.

사실 알렌이 마법 실습을 깜빡한 이유는 그것만이 아니었다.

그 증거로 알렌은 두 사람에게 곧 마법 실습이 시작된다는 말을 들어도 그다지 기뻐하지 않았다.

아, 그러고 보니 그랬지, 하는 정도의 감상뿐이었다.

두 남학생은 그 사실을 깨닫지 못했다.

마법 실습 당일.

마법에 적성이 있어 실습을 하게 된 학생들은 아침부터 계속 안절부절못했다.

마법사단원의 감수로 열린 마법 적성 검사에서 적성이 있는 아이는 처음으로 자신의 마력을 모았다.

그때, 자신에게 마법 적성이 있다는 사실과 자신이 마력을 모았다는 사실에 모두가 흥분했다.

그러나 검사에 온 마법사단원이 끈질기게 「멋대로 마법을 써서는 안 된다」고 했기에 다시 그 느낌을 체험하고 싶은 학생들은 마법 실습이 시작될 날이 오기를 손꼽아 기다렸다.

그런 상황에서 침착한 학생도 있었다.

"다들 기대되는 모양이네."

"그러게. 원래라면 나도 그랬을지도 모르겠지만."

"우리는……."

실베스터는 무척 냉정하게 주위를 관찰했고, 알렌은 살짝 우월감을 느꼈으며, 크레스타는 어쩐지 미안한 듯한 표정으로 대기했다.

일부 예외는 있지만 다들 들뜬 마음으로 알스하이드 초등학원에 새롭게 증설된 마법실습실에서 교사가 도착하기를 기다리고 있으니, 실습실의 문이 열리고 학원 교사와 처음 보는 남자가 들어왔다.

들어온 남자는 마법사단의 제복을 입고 있었다.

마법 강사다.

그것을 이해한 순간 학생들이 환호했다.

"하하. 매번 그렇지만 첫 수업 때는 환영받는군."

마법 강사는 학원 교사에게 웃으며 그렇게 말했다.

"정렬!"

학원 교사의 호령으로 학생들이 줄을 섰다.

그 앞에 선 마법 강사가 헛기침을 한 번 하고는 입을 열었다.

"아, 다들 이미 알고 있겠지만 나는 알스하이드 마법사단 소속 마법사로 이름은 버니 애쉬라고 한다. 너희의 마법 실습 강사를 맡게 됐다. 잘 부탁한다."

마법 강사의 자기소개에 학생들이 술렁였다.

명문 알스하이드 초등학원의 강사로 마법사단이라지만 평민의, 거기다 이렇게 거친 말투의 남자가 올 줄이야.

학생들은 아까까지 기대에 찼었던 반동인지, 불만스러운 표정을 한 사람이 많았다.

그것을 본 마법 강사…… 애쉬는 예상했던 반응이라는 듯이 씩 웃었다.

"호오, 나 같은 녀석이 강사인 게 불만인 것 같군. 그렇군, 그래."

히죽이며 그렇게 말하던 애쉬는 다음 순간, 상당히 엄격한 표정이 됐다.

"내 강의를 받기 싫다면 나가도 된다. 말리진 않겠어."

그 말을 들은 학생들은 지금까지 들어본 적 없을 정도로 엄격한 말투에 방금까지 있었던 불만이 사라지고 깜짝 놀란 얼굴로 변했다.

그런 학생들을 둘러본 애쉬는 계속해서 말을 이었다.

"마법은 사용하기에 따라 모두를 구할 수도 있지만, 해가 될 수도 있지. 너희는 올바른 마법 사용법을 배워야 한다. 만약 너희가 마법을 잘못되게 사용하면 나는 전력으로 너희를 막아야 한다. 그때 품위 있게 막을 수야 없는 노릇이지. 그러니 나는 이 태도를 고치지 않겠다. 그것이 불만이라면 마법을 가르쳐줄 수 없고, 앞으로 다른 곳에서 배우는 것도 허락하지 않는다. 알겠나?"

애쉬의 거친 태도와 일부러 그렇게 행동하는 이유를 들은 학생들은 그저 단순히 마법을 배울 생각에 들떴던 자신의 얕은 생각을 부끄러워했다.

학생들이 마법을 동경한 것은 신 일행의 이야기를 읽어서다.

그 이야기에선 마법사는 정의의 편이자 멋진 동경의 대상으로 그려진다.

자신도 그런 멋진 존재가 될 수 있을지도 모른다.

학생 대부분이 그렇게 생각했다.

그래서 애쉬는 첫 수업 때 그런 가벼운 생각을 고쳐주기 위해 그러한 태도로 행동한 것이다.

참고로 이것은 초등학원생에게 마법을 알려줄 때의 교본

이기에 처음엔 모든 학원에서 모든 강사가 그런 태도로 학생들을 대한다.

미움받고 두려움을 사 마법이란 위험한 것이라는 사실을 제일 먼저 이해하게 한다.

교본대로 학생들을 위축시킨 애쉬는 다시 물었다.

"자, 내 강의를 받고 싶지 않은 사람은 있나?"

그 질문에 불만스러운 태도를 보이는 학생은 아무도 없었다. 그저 똑바로 애쉬를 바라볼 뿐이었다.

그런 학생들의 태도에 만족한 애쉬는 다시 물었다.

"마법을 배울 각오는 됐나?"

『네!』

애쉬의 질문에 학생들은 일제히 그렇게 답했다.

그 대답에 만족했는지 애쉬가 씩 웃었다.

"좋아. 그럼 나는 최선을 다해 너희에게 마법을 알려주마. 하지만 아까도 말했듯 마법은 무척 위험하다. 공격 마법은 물론이고 마력 제어에 실패한 마법은 폭주하기 때문이기도 하지. 그러니 내 지시를 따르지 않고 멋대로 행동해선 절대로 안 된다. 만약 그걸 어기면 더는 실습을 받을 수 없게 되니 염두에 두도록."

『알겠습니다!』

"좋아."

학생들의 대답에 고개를 끄덕인 애쉬는 바로 마법 실습을 시작했다.

"자, 마법을 사용할 때 가장 중요한 것은 마력 제어다. 이것은 마법사의 왕인 신 월포드 님이 추천하는 방법으로, 모든 기본이 되는 것이지. 그러니 먼저 이 마력 제어 연습부터 시작한다. 다들 거리를 벌리고 서라."

애쉬의 명령에 주위 아이들과 거리를 벌리는 학생들.

"좋아, 그럼 마법 적성 검사 때를 떠올리도록. 가슴 앞에 손을 맞잡고 그 공간에 마력을 모아라. 다만 조금씩이야. 제어에 실패해 폭주하면 생명이 위험해질 수도 있으니까!"

그런 위협을 받은 학생들은 조심스럽게 마력에 의식을 집중했다.

마법 적성 검사 때는 기초 마력이 대기 중의 마소에 간섭할 수 있는지를 조사했을 뿐, 본격적인 마력 제어는 다들 이번이 처음이었다.

갑자기 하라는 말을 들어도 가능할 리가 없으니, 다들 애를 먹었다.

평소와 똑같은 광경이라고 생각하며 학생들을 둘러보던 애쉬는 어느 한쪽을 본 순간 몸이 굳어버렸다.

첫 수업에서 이미 마력을 제어할 수 있는 학생이 있었기 때문이다.

그렇다면 마법 실습이 시작되기 전에 마법을 연습했다는 뜻.

그 말도 안 되게 위험한 행동에 애쉬는 머리끝까지 피가 솟구쳤다.

"잠깐! 거기 세 사람!"

"어?"

"응?"

"아, 네!"

대답한 사람은 실베스터, 알렌, 크레스타 셋이다.

"너희! 실습 전에 마법을 연습했지?! 위험하니 멋대로 연습하지 말라고 그렇게 말했거늘! 대체 부모는 뭘 하신 거지?!"

무척이나 험악해진 애쉬가 다가오자 실베스터는 당황했지만, 부모가 뭘 했는지 물었기에 무심코 대답했다.

"저기, 아버지께 배웠습니다."

"저도 실버네 아버지에게."

"저도……"

아이가 멋대로 마법을 연습한 줄 알았는데 설마 그 부모가 가르쳤을 줄이야.

아이의 안전을 위협하는 행동에 애쉬는 더욱 화를 냈다.

"부모가 나서서 알려줬다고?! 가문이 어디야?! 엄중히 항의하겠다!"

잔뜩 분노한 애쉬의 얼굴이 새빨개졌지만, 학생들은 그럴 수 있다는 표정이었다.

그것도 그럴 것이…….

"저기…… 월포드입니다."

"……응? 뭐라고?"

"가문 말씀이죠? 저는 실베스터 월포드고 가문은 월포드입니다."

"……."

실베스터의 그 말에 애쉬는 등줄기가 서늘해졌다.

설마 하면서도 만약을 위해 물었다.

"참고로…… 아버님 성함은……."

"신 월포드입니다."

"……?!"

실베스터의 대답에 애쉬는 경악한 나머지 입을 다물지 못했다.

"어? 그렇다면…… 신 님의 아드님?"

"뭐, 그렇긴 한데요, 아드님이라고 부를 정도는 아니고……."

"죄송했습니다!"

너무나도 겸손한 애쉬의 말에 실베스터는 대단한 건 아버지고 자신은 그렇지 않다고 말하려 했지만, 그보다 먼저 애쉬가 직각으로 허리를 굽혀 머리를 숙였다.

"신 님의 아드님이신 줄도 모르고 건방진 말을 해서 죄송합니다!"

"아, 아니요, 저기! 고, 곤란해요! 고개를 드세요!"

"아니요! 신 님께서 아드님께 마법을 알려주셨다면 제가 지도할 일은 아무것도 없습니다! 부디 마음껏 하십시오!"

"곤란해요! 아버지도 감독하는 사람 없이 연습하면 안 된다고 하셨어요!"

"아…… 그, 그러셨군요."

"저기…… 정말로 존댓말은 쓰지 말아 주세요……."

"하지만……."

"대단한 건 아버지고, 저는 그렇지 않거든요. 정말 부탁합니다."

실베스터는 그렇게 말하고 고개를 숙였다.

그 모습을 본 애쉬는 그제야 냉정해졌고, 학생들의 싸늘한 시선을 알아차렸다.

"어험! 아, 미안하군. 조금 당황했다."

그걸 조금이라고 할 수 있을까? 학생들은 그런 의문이 들었지만 아무래도 냉정을 되찾은 모양이니 차가운 시선을 거뒀다.

그러나 궁금해진 것이 있었다.

"선생님, 어째서 신 님의 지도를 받으면 선생님의 지도를 받지 않아도 되는 건가요?"

어떤 학생이 그렇게 묻자 애쉬는 그런 것도 모르냐는 표정이 됐다.

"그야 내가 너희에게 알려주는 건 신 님께 배운 것이니까 그렇지."

"아, 선생님의 선생님이라는 건가요?"

"그래. 아니, 아무리 그래도 감독하는 사람 없이 마음대로 해도 된다는 말도 안 되는 소리를 했군. 미안하지만 그 말은 잊어다오."

"알고 있어요. 아버지도 반드시 해선 안 된다고 하셨으니까요."

실베스터의 말에 애쉬는 감동한 듯이 중얼거렸다.

"역시 신 님이셔. 자신의 아이라 해도 특별대우하지 않으시는군."

마법 실습 전에 마법을 알려주는 것은 특별대우 아닌가 싶지만, 실제로는 마법을 쓸 수 있는 부모에게서 마법을 배웠을 뿐.

다만 그 부모가 세계 최고의 마법사인 것뿐이다.

……충분한 특별대우라는 결론에 도달한 학생들은 실베스터에게 다시 선망의 눈빛을 보냈다.

"그렇다면 너희도 신 님의 지도를?"

"아, 네. 실버하고 친구라서요."

"저도요."

"그래. 그렇단 말이지……."

알렌과 크레스타의 답변을 들은 애쉬는 눈을 감고 미간을 찌푸렸다.

부모 이외의 사람에게 배우면 안 됐던 걸까?

가슴 한편에 그런 불안감이 들었지만, 그 불안은 금방 해소되었다.

"……부럽군."

자신들에게 마법을 알려줘야할 강사가 진심으로 부러워하고 있다.

그 마음은 이해해! 세 사람 이외의 학생들은 하나같이 그렇게 생각했다.

◆

"흐음, 초등학원 마법 수업은 위협으로 시작되는 거예요? 몰랐어요!"

그렇게 말한 사람은 얼티밋 매지션즈에 들어온 지 3년 차, 이제 스무 살이 된 메이였다.

메이는 고등 마법학원을 수석으로 졸업한 후 얼티밋 매지션즈에 입단했다.

물론 인연이나 비리를 통해 들어온 것이 아니라 제대로 입학시험을 받고 자력으로 합격했다.

시험 결과는 압도적인 1위였기에 입단 동기들로부터 시샘을 받는 일은 없었다.

다만 왕녀님이고 오빠는 왕태자인 동시에 얼티밋 매지션즈의 부장이니 외부에선 연줄로 입단한 것이 아닌지 의심하는 사람도 있다고 한다.

그런 사람은 메이의 실력을 가까이에서 본 적이 없는 이가 대부분이다.

지금의 메이는 얼티밋 매지션즈에서도 상당히 강한 힘을 지녔다.

공격 마법은 오그보단 부족하지만 그와 비슷한 힘을 지녔고, 과거에 유리의 지도를 받은 적이 있어 마도구 부여도 할 수 있으며, 항상 따르던 시실리에게서 치유 마법 지도도 받았기에 시실리만큼은 아니지만 치유 마법도 쓸 수 있다.

다루지 못하는 건 검 정도가 아닌가?

그건 메이가 관심이 없었기에 배우지 않았을 뿐.

배우면 그것도 상당한 수준까지 오르지 않을까?

덕분에 어려운 의뢰도 메이에게 부탁하면 어떻게든 된다는 인식이 얼티밋 매지션즈 내에 퍼졌다.

그런 재능 넘치는 메이는 아침이 되면 사무실에 출근해 나와 잡담을 나누는 것이 일과가 됐고, 앞서 초등학원에서 열린 실버의 첫 마법 실습 이야기를 하니 아까의 반응이 돌아왔다.

"그러고 보니 메이 때는 중등학원 때부터 마법 수업이 있었던가?"

"맞아요. 그래서 초등학원에서 어떤 수업을 하는지 궁금했어요."

그렇게 말한 메이가 마법을 배우기 시작한 것은 10살 여름방학.

우리의 합숙을 따라온 것이 계기였다.

메이에게 마법을 가르친 사람은 할아버지와 할머니로, 앞서 나를 상대로 마법을 가르친 경험이 있어서인지 두 사람 모두 초등학원생에겐 마법을 알려줘선 안 된다는 일반 상식을 깜빡하고 말았다. 그 결과, 당시엔 찾아보기 힘든 초등학원생 마법사가 탄생하고 말았다.

초등학원에서 마법을 알려주게 된 것은 극히 최근의 일로, 구체적으로 말하자면 3년 전부터이니 메이도 초등학원에서 어떤 마법 수업을 받는지는 모른다.

실버는 어린아이였을 때부터 알고 있으니 그 아이가 초등학원에서 어떤 마법 수업을 받는지 궁금해진 모양이었다.

"뭐, 중등학원생도 아직 어리지만 초등학원생은 정말로 어린이니까. 반쯤 장난으로 마법을 사용했다간 큰일이 벌어진다는 걸 모르는 아이도 많아. 그러니 처음에 겁을 줘야 한다고 오그가 말했어."

"아, 오라버니라면 그렇게 말할 법하네요."

오그가 그렇게 말하는 모습을 상상했는지, 메이는 쓴웃음을 지으며 그렇게 말했다.

"메이에겐 오그라는 억제력이 있었지만, 초등학원 수업이라면 학생이 꽤 많잖아? 그 모두에게 감시를 붙이는 건 불가능하니 스스로 자각하게 해야 한댔어."

"억제력이라니…… 뭐, 확실히 오라버니는 무서웠어요. ……지금도 무섭지만요."

"그런 오그가 딸인 비아에게는 쩔쩔매는 게 우습지 않아?"

"아하하! 뭐, 동생은 몰라도 딸에게 미움받고 싶지 않은 것 아닐까요? 잘 모르겠지만요."

스무 살이 된 메이는 처음 만났던 10살 때와 속은 그다지 달라지지 않은 것 같다.

말투도 예전 그대로고.

다만 외모는 상당히 변했다.

중등학원에 입학한 무렵부터 체형이 여성스러워졌고 지금은 키도 커서 늘씬한 성인 여성의 체형이 됐다.

스무 살을 넘어서도 체형이 별로 변하지 않았던 앨리스가 피눈물을 흘릴 기세로 부러워했던 게 떠오르네…….

거기다 알스하이드 제일의 미남이라 불리는 오그의 동생이니 얼굴도 단정하다.

미녀에다 몸매도 뛰어나고, 얼티밋 매지션즈에서도 고위의 실력자에다, 성격도 예전처럼 순수하다.

인기가 없을 리가 없는데 스무 살이 된 지금도 아직 결혼하지 않았다.

그것은…….

"신 대표님. 좋은 아침입니다."

나와 메이가 잡담을 나누고 있으니 출근한 다른 멤버가 인사했다.

"아! 좋은 아침이에요! 에클레르 군!"

"안녕하세요, 메이 님. 오늘도 아름다우시군요."

"흐아! 여기서 그런 말을 하면 안 돼요!"

"후후. 그럼 일이 끝난 뒤에 하죠."

"아으……."

"저기, 너희 말이지…… 직장에서 그러지 좀 말아줄래?"

우리에게 말을 건 사람은 얼티밋 매지션즈의 신규 단원으로 메이와 동기인 에클레르 군.

풀네임은 에클레르 폰 스이드.

이름을 보면 알 수 있듯이 스이드 왕국의 왕자님이다.

스이드 왕국 왕위 계승 순위 제3위의 제3왕자이지만 중등 학원 마법 실습에서 높은 재능을 발휘.

장래가 유망하다고 여겨졌지만 당시의 스이드는 알스하이드에 비해 마법 기술이 떨어졌다.

그래서 스이드 왕가는 우리 얼티밋 매지션즈가 상주하고 늘 마법이 발전한 마법 기술 최첨단 국가, 알스하이드에 유학을 보냈다.

그런 사정으로 중등학원 2학년 때부터 메이도 다니던 알스하이드 중등학원에 전학.

메이와 같은 나이이자 이웃 나라의 왕족이라는 이유로 학원에선 메이 일행과 함께 행동하게 됐다.

초등학원생 때부터 우리의 지도를 받았던 메이의 마법 실력은 스이드 왕국 내에서 천재라 불리던 에클레르 군의 높았던 콧대를 간단히 꺾었다.

신분도 자신과 똑같은 왕족.

현시점에서 자신보다 높은 실력을 자랑하는 마법.

거기다 미소녀.

메이에게 홀딱 반한 에클레르 군은 본국을 통해 알스하이드 왕가에 메이와의 약혼을 타진.

그러나 알스하이드 왕국은 왕가를 포함해 연애결혼을 장려하는 나라.

정략결혼도 없지는 않지만 세계 제일이라 해도 좋을 대국 알스하이드는 정략결혼으로 스이드와 맺어져도 그다지 의미가 없다.

그래서 이『같은 왕가끼리』의 신청을 알스하이드는 거절했다.

다만 에클레르 군이『개인적』으로 메이와 사랑에 빠져 사귀고 결혼한다면 그것을 용인하겠다는 내용의 답장을 보냈다.

원래부터 메이에게 반해 정략결혼을 신청했던 에클레르 군은 곧바로 메이에게 어필하기 시작.

에클레르 군은 틈만 나면『아름답다』,『멋지다』,『훌륭하다』고 칭찬했고, 메이는 그것을 유학한 곳의 왕족에게 하는 빈말이라고 생각했는지 전혀 통하지 않았다.

거기다 메이에게 중요한 것은 연애보다 마법이 우선.

고등 마법학원 졸업 후에 얼티밋 매지션즈에 입단할 기회가 있으니 그것을 목표로 누구보다도 열심히 마법을 훈련했다.

매번 어필에 실패한 에클레르 군은 그렇다면 메이가 제일 열중하는 마법으로 실력을 인정받으면 자신을 의식하지 않을까 생각해 목표를 변경.

마법 훈련에 매진하게 됐다.

……그보다 스이드에서 배울 수 없는 고도의 마법을 배우러 왔으니 원래 그랬어야 하잖아.

전에 그렇게 말했더니 「말씀대로입니다만, 당시엔 그런 것조차 잊을 정도로 필사적이었습니다」하고 다양한 의미로 부끄러워하며 답했다.

뭐, 그러한 사정으로 마법에 열심히 매진한 에클레르 군.

당연히 메이도 함께 훈련했다.

함께 훈련하는 동안 이웃 나라 왕족이라는 손님에서 친구로 단계가 상승, 훈련을 거듭하며 초등학원 때부터 친구였던 아그네스 양과 콜린 군도 함께 알스하이드 고등 마법학원에 합격.

고등 마법학원생이 된 후로 시작된 헌터 협회의 마물 토벌 일로 더욱 사이가 좋아져 메이도 에클레르 군을 의식하게 됐다.

애 많이 섰지, 에클레르 군…….

그렇게 에클레르 군을 의식하기 시작한 메이는 그 후에도 한동안 관계가 변하지 않았다고 한다.

그렇게 학원 졸업이 가까워지자 에클레르 군의 진로가 궁금해진 메이.

에클레르 군은 스이드 왕족이니 학원을 졸업하면 본국으로 귀환할 예정이었다.

그 말을 들은 메이는 크게 동요해 자신의 마음을 깨달았다고.

아니, 너무 늦잖다.

그 결과, 무려 메이가 에클레르 군에게 고백.

너무나도 기뻤던 에클레르 군은 당연히 그것을 수락.

그런 사정으로 지금 이 두 사람은 교제하는 중인 연인, 동시에 약혼한 사이다.

처음 이야기를 들었을 땐 풋풋하구나 싶었다.

참고로 에클레르 군도 얼티밋 매지션즈에 있는 것은 우리 쪽에 입단하면 스이드 왕가에서 얼티밋 매지션즈 소속 단원을 배출했다고 자랑할 수 있어 나라로 돌아가지 않아도 된다는 이유 때문.

면접 때 해맑은 표정으로 그렇게 말했었다.

뭐, 메이와 함께 공부했었고 실기 시험도 메이 다음의 차석으로 합격했으니 지금은 함께 콤비로 일을 받고 있다.

그나저나 사귄 지 이제 2년 정도인데 틈만 나면 이렇게 시시덕거린다.

"나 원, 공과 사를 구분할 줄 알아야지……."

"네가 그렇게 말해도 설득력이 없어."

젊은 두 사람에게 설교하려고 하자 마리아가 끼어들었다.

"틈만 나면 시실리와 붙어있던 녀석이 무슨 소리야? 그런 소릴 해도 세상에서 제일 설득력이 없는 인물이야, 너는."

"……큭."

반론할 수가 없다.

"맞아요! 신 오빠는 늘 시실리 언니와 붙어있었으니까요!"

"그랬나요? 사이좋은 부부의 대명사라 불리는 부부의 열애를 저도 봤으면 좋았을 텐데요."

"말도 마. 온종일 둘이서 시시덕거렸어. 옆에서 보는 이쪽이 다 부끄러울 때가 얼마나 많았는데."

"자, 잠깐, 그 정도는 아니었잖아!"

"그 정도였어! 시시덕거리는 너희를 마법으로 없애버리고 싶다는 생각을 몇 번이나 했는 줄 알아?!"

"……."

마리아가 진짜로 화냈다.

확실히 나도 젊었을 땐 계속 시실리와 함께 있었다는 자각이 있다.

하지만 이렇게 젊은이들의 위에 선 입장이 된 이상 그들을 이끌어줘야 하니까…….

"그러니까 신의 말에는 설득력이 없으니 내가 말할게요.

메이 님, 에클레르 님, 여기는 직장입니다. 시시덕거리는 건 일이 끝나고 하세요."

"네~."

"죄송합니다, 마리아 선배. 앞으로 조심하겠습니다."

"이해했으면 됐어요."

……아니, 내가 하고 싶었던 말이 그건데.

"마리아 언니가 말하면 설득력이 있어요."

"네. 남편인 카르타스 씨가 사무실에 있는데 시시덕거리는 모습을 본 적이 없습니다. 제대로 공과 사를 구분하시는 마리아 선배의 말이라면 받아들일 수밖에 없죠."

이것이 설득력인가…….

확실히 마리아와 카르타스 씨는 부부지만 사무실에서 붙어있는 모습을 본 적이 없다.

왕족 두 사람으로부터 존경의 눈빛을 받은 마리아는 나를 보고는 우쭐거리는 표정을 했다.

제길…… 열받지만 아무런 말도 할 수 없어…….

이런 곳에서 과거의 행동이 내 발목을 붙들 줄이야……!

자신의 한심함에 어금니를 깨물고 있으니 에클레르 군이 메이에게 말을 걸었다.

"그러고 보니 어제 콜린과 도넬리 양에게서 편지가 왔는데, 메이 님도 받으셨나요?"

콜린 군은 나도 어렸을 때부터 신세를 진 허그 상회의 톰 아저씨의 아들이고, 도넬리 양은 메이와 어렸을 때부터 사이가 좋았던 아그네스 양을 말한다.

"왔어요, 왔어요! 기뻐서 펄쩍 뛰었다니까요!"

"어? 콜린 군과 아그네스 양이 편지로? 뭐라고 적혀 있었나요?"

메이의 친구이자 고등 마법학원에도 다녔기에 마리아도 두 사람을 잘 알고 있다.

펄쩍 뛸 정도로 메이를 기쁘게 했다는 편지 내용이 궁금해졌나 보다.

마리아의 질문을 받은 메이는 환한 미소로 답했다.

"아그네스 양과 콜린 군이 결혼한대요! 그 결혼식 초대장을 받았어요!"

"어, 정말이야?!"

"어머? 신 오빠는 못 받았어요?"

"어제라고 했지? 그런 보고는 없었는데."

우리는 평민 집인데도 집사와 메이드가 있다.

집에 오는 편지는 집사가 관리하는데 어제는 그런 보고가 없었다.

꽤 친한 사이라고 생각했는데, 어라? 나만 그렇게 생각한 거였나……?

"음, 이상하네요. 잠깐 물어볼게요."

메이는 그렇게 말하고는 무선 통신기로 어딘가에 연락했다.

아니…… 슬슬 일할 시간인데…….

그렇게 생각했는데 상대가 받았는지 대화가 시작됐다.

"아, 아그네스 양? 메이예요. 지금 시간 괜찮아요?"

통신 상대는 아그네스 양이었다.

"아, 이제 일해야 하나요? 그럼 다음에…… 네? 괜찮다고요?"

뭔가 지금부터 일할 시간이지만 왕녀인 메이의 연락이 더 우선이겠지.

대화가 이어졌다.

"어제 편지가 도착했어요. 축하해요! 초등학원 때부터 언젠가 이런 날이 올 거라 믿고 있었어요!"

그러고 보니 초등학원 때부터 아그네스 양이 콜린 군을 좋아하는 게 뻔히 보였지.

주변 사람들은 알고 있는데 콜린 군만 깨닫지 못했지만…….

"결혼식은 당연히 참석할게요! 그래서 말이죠, 신 오빠한테는 청첩장을 보내지 않았나요?"

본론을 꺼낸 메이는 그 후 이야기를 하다가 이쪽을 보았다.

"신 오빠, 아그네스 양이 신 오빠에게 결혼식 초대장을 보내도 불경하지 않을지 묻는데요, 그런가요?"

"그럴 리가 없잖아?! 오히려 어렸을 때부터 알던 아이가 결혼하는데 청첩장을 못 받아서 쓸쓸했다고!"

"그렇다네요. 그러니 청첩장 보내도 괜찮아요."

메이는 그렇게 말하고 통신을 끊었다.

"뭔가 신 오빠에게 자신들의 별 볼 일 없는 결혼식에 초청하는 게 송구해서 그럴 수 없었다고 하네요."

"아니, 애초에 콜린 군의 아버지인 톰 아저씨에겐 내가 어렸을 때부터 신세를 졌으니 그 아들인 콜린 군의 결혼식을 축하하는 건 당연하잖아!"

"그러고 보니 그러네요."

뭐, 콜린 군과 아그네스 양이 청첩장을 보내지 않아도 톰 아저씨가 보낼지도 모르지만, 역시 이왕 받을 거면 본인에게 초대받고 싶잖아.

어쨌든 이것으로 콜린 군과 아그네스 양의 결혼식에 갈 수 있겠다.

그러나 동료들뿐만 아니라 돌봐줬던 후배들도 결혼하게 됐나…….

"그러고 보니 메이와 에클레르 군은 언제 결혼할 거야?"

"흐앗?!"

콜린 군과 아그네스 양이 결혼한다면 두 사람의 동급생인 메이와 에클레르 군은 어떻게 할 건지 물으니 메이가 이상한 비명을 질렀다.

"어으, 그게…….

"우리는 좀 더 멀었어요. 왕족끼리 결혼하는 거니까요. 아마 신분은 낮아질 테지만 둘 중 어느 나라의 공작위를 받을지 아직 협의 중이에요."

이것이 메이가 왕녀인데 스무 살이 되어서도 결혼하지 않은 이유다.

왕족끼리의 결혼은 큰일이네.

뭐, 이 두 사람은 서로를 많이 아끼니 어떻게 되든 괜찮겠지.

"그렇구나. 그럼 이 이야기는 이걸로 끝. 바로 일을 시작하자."

"알겠어요!"

"알겠습니다."

"그래~."

세 사람은 각자 다른 대답을 한 후 카탈리나 씨에게서 의뢰표를 받아 업무를 하러 이동했다.

그것을 지켜본 후 나는 의자에 앉아 깊게 숨을 내쉬었다.

그렇구나, 그 아이들이.

우리 집도 첫째가 마법을 배우게 됐고, 다음 세대가 착실하게 성장 중이다.

그걸 실감할 수 있었다.

제3장 더 늘어나는 아이

　샬럿이 초등학원에 입학하고 실베스터도 마법을 배우게 되고서 얼마 후.

　월포드 가는 오늘도 보육원이 됐다.

　"숀, 노바 군, 스콜 군, 미나, 아네트, 안나, 간식이에요."

　""""""네~.""""""

　시실리의 부름에 월포드 가에 모인 어린아이들이 일제히 대답하며 달려왔다.

　"엄마! 오늘 간식은 뭐야?!"

　"후후, 오늘 간식은 푸딩이에요."

　"와!"

　"신난다!"

　"푸딩 정말 좋아!"

　시실리가 오늘의 간식을 발표하자 어린아이들이 일제히 기뻐했다.

　그런 어린아이들을 시실리는 미소 지은 얼굴로 바라보았다.

　원래 성녀라 불리던 시실리가 어머니가 되어 이런 표정을 짓는 걸 창신교 신자들이 본다면 이번엔 성모라 불리지 않을까 싶을 정도로 자애 넘치는 미소였다.

"자, 손부터 씻을까요?"

""""""""네~.""""""""

시실리가 아이들을 세면대로 데려갔다.

참고로 슌이 신과 시실리의 차남.

노바는 본명이 노바크로 아우구스트와 엘리자베트의 장남.

스콜은 앨리스와 로이스의 장남.

미나는 마크와 올리비아의 장녀.

아네트는 유리와 모건의 장녀.

안나는 토니와 리리아의 장녀.

모두가 3살로 동갑이다.

그 외에도 토르와 율리우스에게도 같은 나이의 아이가 있지만 영지에서 육아 중이라 이곳엔 없다.

이곳 월포드 가는 왕도에서 육아 중인 어머니들이 숨을 돌리기 위한 휴식처가 됐다.

"하아, 여기 오면 안심이 돼."

스콜의 어머니이자 클로드 자작가 부인 앨리스가 소파에 푹 눌러앉아 다리를 뻗었다.

그 모습은 정말로 경망스러워서 아이가 있는 귀족 부인이라고는 생각할 수 없었다.

"잠깐, 앨리스 양, 경망스러워요."

"뭐 어때, 엘리. 여기가 아니면 이렇게 퍼져있을 수 없단 말이야. 나에게 월포드 가는 안식의 땅이야."

"그렇게 방심하고 있으면 중요할 때 본성이 나올 거라고요."

"오히려 의식하고 있으니까 괜찮아."

"그리고……."

"응?"

"스콜이 보면 실망할 거예요."

엘리가 그렇게 말하자 앨리스가 곧장 자세를 고쳤다.

"어? 보고 있는 거 아니지?"

"글쎄요? 잘 모르겠네요."

앨리스의 아들 스콜이 방금까지 놀이에 푹 빠져 이쪽을 보고 있지 않았던 것은 이미 확인했지만, 반성을 촉구하기 위해 일부러 애매하게 말했다.

"윽, 실망하면 어떡하지……."

"그럼 조심하세요."

그런 대화를 지켜본 유리와 올리비아가 키득키득 웃었다.

"정말로 앨리스 양은 귀족 사모님이 되어서도 변하지 않네요."

"뭐, 갑갑한 건 이해하지마안, 스스로 선택한 길이잖아요오? 그럼 열심히 해야지요."

"알고 있어~."

두 사람의 말에 입술을 삐죽 내민 앨리스.

그 모습을 보도 다시 키득키득 웃는 올리비아와 유리.

"여전히 굉장한 모임이네요……."

그런 네 사람을 보며 토니의 아내인 리리아가 그렇게 중얼거렸다.

"왕태자비님과 얼티밋 매지션즈. 그에 비해…… 저는 평범한 사무관이니까요……."

그렇게 말하는 리리아에게 앨리스가 다가가 귓가에 속삭였다.

"남편이 얼티밋 매지션즈인 시점에서 리리아도 특수 케이스야."

"그렇겠죠~."

앨리스의 말에 쓴웃음과 함께 동의할 수밖에 없는 리리아.

리리아 본인은 경법학원을 졸업한 후 관료 시험에 합격.

왕성에서 근무하는 사무원이 됐다.

경력만 보면 그렇게 희귀하지는 않다.

그러나 결혼식에는 왕족이 우르르 출석했고, 왕태자가 진행하는 정책에 친분이 있는 인물이라는 이유로 리리아가 산후 휴가와 육아 휴직의 시범 사례로 선택됐으며, 애초에 남편이 얼티밋 매지션즈다.

환경이 너무 특수해서 지금도 실감되지 않았다.

애초에 경법학원에 진학하는 사람은 안정적인 상황을 지향하는 사람이 대부분.

그런데 어째서 자신이 이렇게 됐는지, 머리로는 이해하지만 마음이 따라주지 않을 때가 많았다.

그들과 만난 지도 벌써 9년이 됐으니 이제는 긴장감에 얼어붙는 일은 없게 됐지만, 이따금 자신이 처한 상황을 돌아보고는 넋이 나간 표정이 될 때가 있다.

"어쩐지 멀리까지 온 것 같네요……."

"여기는 리리아의 집에서 걸어도 15분 정도밖에 안 걸리잖아?"

"마음의 문제예요."

이해해주지 않는 앨리스에게 뾰로통해진 리리아.

그러고 있는 동안 아이들이 손을 씻고 거실로 돌아왔다.

"어머니!"

그렇게 말하며 앨리스에게 안긴 스콜.

"어머, 기운차네. 손은 잘 씻었어?"

"네!"

"후후, 잘했네."

그렇게 말한 앨리스는 미소 지으며 스콜의 머리를 쓰다듬었다.

……앨리스 이외의 엄마들은 급격한 태도 변화에 말문이 막혔다.

어? 혹시 다른 사람 아니야? 그런 생각이 들 정도로 완전히 돌변했다.

그 모습을 목격한 네 사람은 고개를 숙이고 바르르 떨었다.

"어머? 여러분, 왜 그러세요? 자, 아이들도 기다리고 있으니까 어서 먹죠."

그런 네 사람에게 이마에 힘줄이 붉어진 모습으로 산뜻하게 대응하며 귀족 부인의 가면을 절대로 벗지 않는 앨리스.

스콜이 실망하게 둘 수는 없었다.

앨리스의 말에 아이들은 기뻐하며 푸딩이 있는 곳으로 몰려갔다.

그것을 확인한 앨리스는 작은 목소리로 「나중에 두고 봐」하고 속삭였다.

그 말을 들은 네 사람은 그만 웃음을 터뜨렸고 아이들이 이상하다는 듯이 바라보았다.

앨리스의 이마에 떠오른 힘줄이 더 뚜렷해진 것은 말할 것도 없다.

"어머나. 후후, 새언니도 참."

"어머, 시실리 양, 무슨 일이에요?"

거기다 시실리까지 장난에 참여했다.

앨리스는 속으로 「새언니는 무슨! 다 같이 놀리기나 하다니!」 이라고 생각하면서도 여전히 미소로 대응했다.

왜 자신만 이런 부끄러운 꼴을 당해야 하는지 억울해하면서도 사랑하는 아들인 스콜 앞에선 좋은 어머니를 계속 연기했다.

『잘 먹겠습니다!』

"네, 어서 드세요."

그런 어머니들의 대화를 조금도 이해하지 못한 아이들은 눈앞의 푸딩에 시선을 고정하고 모두가 똑같이 빠르게 먹기 시작했다.

"맛있다."

"응."

달고 사르르 녹는 푸딩을 환한 얼굴로 입안 가득 넣는 아이들을 본 어머니들은 자신들의 얼굴도 사르르 녹고 있는 것을 알 수 있었다.

"후후, 귀엽네요."

"그러게요. 아이들은 이때가 제일 귀여워요. 요즘 비아는 새침데기가 다 돼서, 저런 표정을 잘 보이지 않게 됐다니까요."

"그건…… 비아는 왕녀님이라 어쩔 수 없는 것 아닌가요?"

옥타비아를 향한 엘리자베트의 불만에 시실리는 자신도 모르게 쓴웃음을 지었다.

왕녀인 옥타비아는 이미 왕족의 예절을 배우기 시작했다.

그 결과 또래의 다른 아이들보다 어른스러워졌다.

왕족으로서, 공작 영애 출신으로서 이해는 되지만 또래의 평민 아이, 특히 제일 가까운 친구인 샬럿의 자유분방한 태도를 보면 조금 더 천천히 자랐으면 좋았겠다는 생각도 한다.

복잡한 왕태자비님의 심정이다.

지금 이곳에 있는 아이들은 모두 3살.

왕자인 노바크도 아직 예절 교육을 시작하지 않았다.

왕족 아이가 아이답게 있을 수 있는 짧은 시간을 놓치지 않도록 엘리자베트는 자신도 육아에 참여한다.

그런 대화를 나누며 아이들의 간식 시간을 지켜보고 있으니 숀이 시실리에게 말을 걸었다.

"엄마, 형하고 누나는 좀 있으면 와?"

형 실베스터와 누나 샬럿에게 귀여움받는 숀은 두 사람을 많이 좋아한다.

그래서 두 사람이 학원에 간 이 시간을 별로 좋아하지 않는다. 두 사람이 빨리 돌아왔으면 한다.

그러나 지금은 낮을 조금 넘긴 시간.

"그러게. 숀이 낮잠 자면 돌아올 거야."

시실리는 숀의 머리를 쓰다듬으며 이대로 낮잠 자도록 말했다.

아이들은 그 말을 듣고 바로 낮잠 준비를 시작했다.

"저기, 엄마."

"왜?"

"나도, 학원, 가고 싶어……."

거실 융단 위에 매트를 깔고 그 위에 누운 아이들 모두가 얇은 이불을 덮었다.

그 자세로 엄마가 머리를 쓰다듬어주자 갑자기 눈꺼풀이 무거워지더니 웅얼거리는 말이 더욱 불명확해졌다.

그 상태로 자신도 학원에 가고 싶다고 말한 숀에게 시실리는 부드럽게 미소 지었다.

"그러게. 숀도 곧 학원에 가게 될 거야. 그러려면 잠도 푹 자고 더 쑥쑥 자라야 해."

"응…… 나…… 쑥쑥……."

거기까지 말하고 숀은 잠이 들었다.

주위를 보니 다른 아이들도 다들 새근새근 잠들었다.

그 모습을 본 엄마들은 그제야 한숨 돌렸다.

"하아, 이제 좀 조용히 있을 수 있겠네."

그렇게 말하며 숨을 내쉰 앨리스를 보고서 모두가 웃었다.

"왜 웃는 거지?"

아까 일도 있다 보니 이마에 힘줄이 불거진 앨리스가 모두 에게 따지러 갔다.

그러나 그러면 그럴수록 아이를 대할 때와의 차이가 두드 러져 더 웃음을 참을 수가 없었다.

"잠깐, 앨리스 양! 그러지 마세요!"

"후후, 아하하! 앨리스 양, 언제 이중인격이 됐나요?"

"아까는 굉장했어."

"이, 이중……."

"우후후."

"너, 너희 말이지……."

점점 더 웃음을 터뜨린 엄마들에게 항의하려 하니 엘리자 베트가 먼저 그녀를 제지했다.

"어머, 앨리스 양. 시끄럽게 굴면 아이들이 일어날 거예요."

"윽!"

아무리 귀여울 때라지만 활기찬 3살 아이를 상대하는 것은 고되다.

모처럼 낮잠 자느라 얌전해졌는데 지금 깨우는 것은 좋은 방법이 아니다.

어쩔 수 없이 앨리스는 그 분노를 억눌렀다.

"다들 너무해. 나는 스콜이 실망하지 않도록 필사적인 것뿐인데."

"그러니까 평소에도 아까처럼 행동하면 문제없잖아요."

"말은 그렇게 해도……."

앨리스는 그렇게 말한 뒤 눈을 감고 호흡을 가다듬었다.

"이제 와서 여러분 앞에서 이런 태도를 보이면 다들 웃으실 테죠?"

『푸풉!』

"그것 봐!"

평소에도 정숙히 있으라고 말하지만, 실제로 그러면 이렇게 웃는다.

어떡하라는 거야?! 그렇게 고뇌하는 앨리스였다.

그렇게 엄마들이 담소를 나누고 있으니 시실리가 문득 아까 손이 한 말을 떠올렸다.

"그러고 보니 아까 손이 자신도 빨리 학원에 가고 싶다고

했어요.”

“학원에?”

“네. 실버와 샤를이 학원에 가면 심심한가 봐요. 그리고 둘 다 즐겁게 학원을 다니니 자신도 거기에 가고 싶은 모양이에요.”

“흠, 그렇구나. 그러고 보니 아이들은 학원에서 어떻게 지내?”

앨리스의 그 말에 시실리는 머리에 손을 대고 고개를 갸웃했다.

“글쎄요…… 아이들에게 들은 것뿐이라 매일 즐겁게 다니는 것 같은데, 그러고 보니 어떻게 지내는지 자세하게는 모르겠네요.”

“그래?”

“실버는 몇 번인가 선생님과 보호자 면담을 했기에 어느 정도는 알고 있지만 샤를의 면담은 아직이거든요.”

“흐음. 어떨 것 같아?”

“글쎄요. 그 아이는 정말 왈가닥이라…….”

시실리는 그렇게 말한 뒤 조금 불안한 표정이 됐다.

“……살짝 걱정되네요.”

시실리는 실버 때와는 다른 불안감이 들었다.

◆

"크으으⋯⋯."

알스하이드 초등학원 1학년 고실.

그 교실 안에서 한 여학생이 수학의 쪽지 시험 답안을 들고 분한 표정을 짓고 있었다.

"알리샤, 시험은 몇 점 받았어?"

답안지를 들고 다가온 사람은 맥스.

질문을 받은 알리샤는 잠시 맥스를 노려본 뒤 자신의 답안지를 바라보았다.

"⋯⋯맥스 군은 몇 점이에요?"

"나? 나는 93점."

"구구구?!"

뭔가 갑자기 비둘기 울음소리 같은 소리를 낸 알리샤에게 맥스가 깜짝 놀랐다.

"레, 레인 군은요?"

알리샤는 맥스와 함께 있는 레인에게도 점수를 물었다.

그러자 레인은 천천히 입을 열었다.

"나는⋯⋯."

"⋯⋯(꿀꺽)."

"70점."

"레인 군⋯⋯."

레인의 점수를 들은 순간 알리샤는 자애로운 표정이 됐다.

아마 알리샤의 점수보다 낮았기 때문이리라.

그리고 그 태도는 너무나 알기 쉬웠다.

깜짝 놀라며 그 사실을 깨달은 알리샤는 혹시 레인의 기분이 상하지는 않았을까 초조해졌다.

그러나.

"응. 예상보다 좋은 점수."

"그보다 레인은 수업 중에 꾸벅꾸벅 졸 때가 많은데 용케도 그런 점수를 받았네?"

"음, 찍은 게 맞았어."

"찍었다니……."

알리샤는 레인이 공부를 별로 좋아하지 않는다는 사실을 깨달았다.

그래서 알리샤는 큰맘 먹고 레인에게 말했다.

"저, 저기 레인 군!"

"응? 왜?"

"저기, 혹시 괜찮으면……."

"응?"

"가, 같이 공부하지 아눌래요?!"

……또 혀가 꼬였다.

큰맘 먹고 말했는데 또 발음이 꼬이자 얼굴이 새빨개진 알리샤는 그대로 고개를 숙였다.

어색한 정적이 흐르고.

그것을 끊은 사람은 레인이었다.

"응, 좋아."

"어?!"

"아, 하지만."

"어?"

"우리는 대부분 샤를네 집에서 공부해."

"샤릿의……."

샤릿의 집.

다시 말해 월포드 가.

지난번 처음으로 놀러 갔는데 왕족, 영웅, 성녀, 현자, 도사가 모여있는 무시무시한 집이었다.

거기서 공부를?

알리샤의 몸이 떨렸다.

그런 환경에서 공부한다 해도 마음이 진정되지 않아 공부에 집중할 수 없을 자신이 있다.

어떻게든 거절하려고 레인에게 말을 걸려 했지만 조금 늦었다.

"저기, 샤를."

"왜?"

"앗, 잠……."

알리샤가 말릴 틈도 없이 레인에게 불린 샤를이 다가왔다.

"왜? 레인."

"응. 샤를, 몇 점이었어?"

"나? 나는 95점."

"구구구?!"

다시 비둘기가 된 알리샤.

"왜, 왜 그래? 알리샤."

"아, 아무것도 아니에요."

알리샤는 샤를의 점수에 충격을 받았다.

물론 고득점이라는 사실도, 자신보다 높은 점수라는 사실 때문이기도 하지만, 알리샤는 샤를의 머리가 나쁠 거라고 생각했었다.

그런데 막상 뚜껑을 열어보니 자신보다 머리가 좋다니……!

알리샤는 도무지 이해가 안 됐지만 맥스와 레인은 그렇지도 않은 모양이다.

"대단하네. 신 아저씨한테 배웠어?"

"엄마한테도!"

그 말을 들으니 이해가 됐다.

마왕 신이라면 강력한 마법이 유명하지만 지금까지 아무도 생각해내지 못한 마법을 이론적으로 설명해 마법계에 크게 공헌했다고 한다.

마법을 알려주는 실력도 뛰어나서 특히 얼티밋 매지션즈에 새로 입단한 마법사는 전과는 비교할 수 없을 정도로 성장한다고.

성녀 시실리는 어렸을 때부터 우수한 학생으로 알려져 있다.

우수하고 잘 가르치는 부모로부터 직접 배울 수 있는 환경.

그러니 성적이 나쁠 리가 없다.

"어, 왜? 알리샤."

"……아무것도 아니에요."

자신도 모르게 샬럿을 노려본 알리샤는 그것이 질투와 분풀이라는 것을 잘 알기에 그 이상 말하지 않았다.

"그래서 말이지."

"응?"

그러고 보니 레인이 샬럿을 부른 것은 다른 이유였다.

"알리샤가 샤를 집에서 같이 공부하고 싶대."

"정말?!"

레인의 설명을 들은 샬럿은 눈을 반짝이며 알리샤에게 다가갔다.

"잠깐! 가까워! 가깝다고요!"

"와! 하자! 우리 집에서 같이 공부하자!"

"아, 알겠어요! 알겠으니까, 좀 떨어지세요!"

"신난다!"

샬럿은 새로 생긴 친구가 집으로 놀러 오는 것이 너무나도 기뻤다.

알리샤는 이렇게 기뻐할 줄은 몰랐기에 당황하며 얼굴을

붉혔다.

"그러고 보니 비아는 몇 점이었어?"

맥스의 말에 깜짝 놀란 알리샤.

샬럿이 있다는 것은 옥타비아도 함께라는 것이다.

어째서 잊고 있었을까.

월포드 가에서 공부한다는 이야기가 너무나도 충격적이었기 때문이라고 스스로에게 변명하고 있으니 옥타비아가 생긋 웃으며 답했다.

"98점이랍니다."

"전하……!"

아무렇지도 않게 대답한 옥타비아의 점수에 말문이 막힌 알리샤는 선망의 눈빛으로 그녀를 보았다.

역시 왕족. 98점이라는 고득점을 받다니 굉장해! 그렇게 생각했는데 맥스와 레인은 의외라는 표정이었다.

"어? 그랬어?"

"만점일 줄 알았어."

"한 군데 계산을 실수했거든요. 그게 없었으면 만점이었을 거예요."

"오빠만 생각하니까 그렇지."

"어머! 무슨 말인가요, 샤를! 잠시도 실버 오라버니를 생각하지 않은 적이 없다고요!"

"……전하……."

만점이 당연하다고 생각하는 부분은 솔직히 굉장하다고 생각했는데, 거기서 이어지는 유감스러움.

제아무리 알리샤라 해도 낙담할 수밖에 없었다.

"그런데 알리샤 양은 몇 점이었나요?"

"네?"

그러고 보니 아직 자신의 점수를 말하지 않았다.

그러나 이 사람들 앞에서 발표하기는 부끄럽다.

그러나 옥타비아까지 발표했는데 자신이 알려주지 않을 수는 없다.

알리샤는 큰맘 먹고 점수를 밝혔다.

"……88점이에요."

"……아."

좋은 점수는 분명하다.

그러나 주변 모두가 고득점이라 어쩐지 미묘한 점수로 보였다.

아이들의 반응에 알리샤가 부끄러워 몸을 떨고 있으니 그 어깨를 누군가가 두드렸다.

"신경 쓰지 마."

"레인 군에게 그런 말 듣고 싶지 않은데요?!"

자신보다 점수가 낮은 레인에게 위로받자 자신도 모르게 반박하고 말았다.

"그러지 말고 같이 공부하면 금방 점수가 오를 거야. 실버 오빠도 알려줄 테니까."

"어머, 실버 님도요?"

샬럿의 오빠인 실베스터와는 이미 몇 번인가 만났는데, 그 남자 초등학원생답지 않은 신사적인 행동에 호감이 가는 사람이었다.

"그런데 실버 님도 똑똑하시나요?"

그런 알리샤의 말에 샬럿을 포함한 네 사람이 얼굴을 마주 보았다.

"실버 오빠, 작년에 3학년이었을 때 학년 1위였어."

"……역시 똑똑하시네요."

"당연하죠!"

"아힉!"

옥타비아가 갑자기 커다란 목소리를 냈기에 깜짝 놀란 알리샤가 이상한 목소리를 내고 말았다.

"실버 오라버니가 똑똑한 건 태양이 동쪽에서 떠올라 서쪽으로 지는 것만큼 당연한 일이에요! 그런 실버 오라버니와 공부를…… 아, 생각만 해도 두근거려요!"

"그보다 비아. 항상 궁금하던 건데, 왜 우리 집에서 공부하는 거야? 가정교사도 있지 않아?"

"그거야 당연히 실버 오라버니께 배울 수 있으니까요!"

"……전하……."

뭐랄까, 정말…… 뭐랄까.

실베스터와 관련이 있을 때의 옥타비아에겐 너무 신경 쓰지 말자.

알리샤는 그렇게 맹세했다.

그러나 공부 모임에선 실베스터에게 배우는 옥타비아가 있다.

그 모습을 볼 수밖에 없다.

그 결과 자신이 옥타비아에게 어떤 감정을 품게 될지, 알리샤는 벌써 불안해서 참을 수 없었다.

◆

알스하이드 초등학원 4학년 교실.

직전의 수업이 끝나고 교실 내에선 두 가지 반응으로 갈렸다.

안절부절 진정하지 못하는 아이.

그리고 그것을 부럽게 바라보는 아이들이다.

안절부절못하는 쪽은 다음에 있을 마법 실습이 너무나도 기대되는 마법 적성이 있는 학생.

부러운 듯이 그들을 바라보는 것은 마법 적성이 없었던 학생들이다.

"실버, 실습실 가자."

"아, 응."

그때 알렌이 실베스터에게 마법 실습에 가자고 말을 걸었다.

그 말을 들은 실베스터는 주위의 부러워하는 시선을 느끼며 알렌과 크레스타와 함께 마법실습실로 갔다.

"이것 참, 부러운 건 알겠지만 이것만큼은 어쩔 수 없잖아."

"그러게요. 마법 적성 여부는 태어나면서 정해지니까요."

교실 안에서 받은 질투와 선망의 눈빛이 성가셨는지 알렌이 한숨을 쉬었다.

크레스타도 마법을 쓸 수 있는지는 태생적인 체질 같은 것이라서 질투해도 어쩔 수 없다는 표정이었다.

그러나 실베스터는 다른 의견인 듯했다.

"딱히 마법사가 아니더라도 훌륭한 사람이 많으니까 부러워할 필요는 없는데."

"예를 들면?"

"미란다 아주머니라든가."

"비교 대상이 기사단의 아이돌이라니 역시 네 주변은 대단하네……."

"미란다 아주머니가 아무렇지도 않게 거실에서 차를 마시고 있을 정도니까요……."

실베스터의 대답에 월포드 가의 평소 모습을 떠올린 알렌과 크레스타는 다시금 월포드 가가 얼마나 비정상적인지 실감했다.

"다들 아버지와 어머니 친구니까 굉장하다고 말해도……."

"너 모르겠어?"

"뭐를?"

"네가 지금 신 님이랑 똑같은 말을 했다는 걸."

그런 말을 들은 실베스터는 크게 놀란 표정이 됐다.

"어?! 정말?! 내가 아버지하고 같아?!"

"그렇게 감동할 일이야?!"

"아하하, 실버 군은 조만간 신 님처럼 될지도 모르겠네요."

"그래? 정말 그렇게 생각해?!"

"네."

"그렇구나, 아버지랑 똑같단 말이지?"

존경해 마지않은 아버지와 똑같다고, 장래에 아버지처럼 될지도 모른다는 말을 들은 실베스터는 지금껏 본 적이 없을 정도로 기뻐했다.

보기 힘들 정도로 기뻐하는 실베스터의 모습을 본 알렌과 크레스타가 쓴웃음 지었다.

"그나저나 신 님처럼 되는 건 큰일인데?"

"후후, 목표가 머네요."

"언젠가 따라잡을 거야!"

늘 온화하고 감정이 격해지지 않는 실베스터가 흥분했다.

그 정도로 실베스터에게 아버지는 커다란 존재다.

"그러니까 오늘 마법 실습도 열심히 해야지!"

"응, 그러게."

"네, 힘내요."

지금부터 시작될 마법 실습에 의욕을 불태우는 세 사람.

오늘 마법 실습은 뭔지 이야기하며 걷던 중 알렌이 갑자기 떠올랐다는 듯이 실베스터에게 물었다.

"그러고 보니 신 님의 과제는 성공했어?"

"응, 했어."

"하~ 실버는 좋겠다. 신 님이 없어도 최고의 마법 강사가 몇 명이나 집에 있으니까."

"우리는 집에 돌아가면 연습할 수 없으니까요."

초등학원생은 마법 능력이 뛰어난 감독이 없으면 마법을 연습해선 안 된다는 규칙이 있다.

이 규칙은 신이 만든 마력 제어용 마도구 덕분에 폭주 사고가 일어나지 않게 됐지만 어린아이가 멋대로 마법을 배우고 사용하다 사고가 일어나는 것을 방지하기 위해서다.

멀린이 신을 방치해서 멋대로 마법을 만들어내 어느샌가 손을 쓸 수 없는 상황이 벌어진 것을 교훈 삼아 아우구스트가 법으로 정한 것이다.

아이의 자유 의지를 빼앗는 것은 아닌지 우려하는 사람도 있지만, 신과 지금의 아이들은 애초에 그 전제부터가 다르다.

신이 어렸을 때부터 마법을 사용하다 사고를 일으키지 않았던 것은 어렸을 때 전생의 기억이 되살아나 정신적으로는 성인과 같았기 때문이다.

그런 일은 정말로 드문 경우이기에 검토 대상에서 배제되었고, 초등학원생의 마법 연습에는 감독이 필수가 됐다.

감독도 제대로 된 마법사단이 감독 라이선스를 발행하고 있으니 그것을 지닌 사람만 감독을 맡을 수 있다.

따라서 집에 그런 인물이 없거나 마법 가정교사를 고용하지 않으면 집에서 마법을 연습할 수 없다.

그런 점에서 월포드 가에는 신 이외에도 마법 능력이 뛰어난 사람이 여럿 존재한다.

당연히 전원 감독 라이선스를 갖고 있다. 사실 필요한 시험을 보지는 않았지만 신 일행에게 그런 것은 필요 없다며 어느 날 갑자기 월포드 가 앞으로 마법을 쓸 수 있는 모두의 라이선스가 도착했다. 그래서 그들 모두가 마법을 알려줄 수 있다.

마법 적성이 없었던 학생뿐만 아니라 이번엔 알렌과 크레스타가 부러운 듯이 바라보자, 실베스터는 어색하게 웃으며 받아넘겼다.

"뭐, 우리는 학원이 아니어도 실버네 집에 있는 동안엔 연습할 수 있으니까 축복받은 거지."

"정말 분에 넘치는 일이에요. 저희 집은 부모님뿐만 아니라 조부모님도 부러워하셨어요."

"성녀님과 현자님과 도사님이니까."

"믿을 수 없을 정도의 행운이에요. 저는 평생의 행운을 쓴 건 아닐지 가끔 불안해져요."

"나도."

"그래?"

실베스터는 사람들이 자기 가족을 무척 존경한다는 사실을 알고 있다.

그러나 주변에서 아무리 그렇게 말해도 실베스터에게 그들은 태어날 때부터 계속 함께인 가족.

자상하고 재밌는 아버지. 자애로운 성녀지만 화내면 무서운 어머니, 그저 자상하기만 한 증조부, 아마도 세계에서 제일 무서운 증조모.

그들은 집안에선 대외적인 입장과는 전혀 상관없이 살고 있기에 집에 있을 때는 정말로 평범한 가족.

그래서 주변에서 아무리 말해도 그것이 평소 가족의 모습과 일치하지 않았다.

그 결과 실베스터는 자기 가족과 관련된 이야기가 잘 와닿지 않았다.

"실버는 지금 그대로 있어줘."

"맞아요."

"뭐야, 그게."

알렌과 크레스타의 감정이 어떤 것인지 이해하지 못한 실베스터는 고개를 갸웃했다.

"하하! 뭐, 신경 쓰지 마. 그보다 우리만 마법 기술을 선행 학습하면 또 괜한 질투를 받겠네."

"그러게요. 마법 적성이 없는 아이뿐만 아니라 똑같이 마법을 배우는 아이도 질주할 것 같아요."

"이것이 가진 자의 운명인가……."

뭔가 멋을 부리며 그렇게 말한 알렌에게 실베스터가 웃음을 터뜨렸다.

"하하하! 그게 뭐야?"

"응? 멋지지 않아?"

"좀 한심했어요……."

"크레스타?!"

최대의 아군이라 믿었던 크레스타로부터 매몰차게 배신당하자 알렌은 보란 듯이 충격받은 표정을 했다.

실베스터는 그 얼굴을 보고 또 웃음을 터뜨렸지만 문득 어떤 사실이 떠올랐다.

"아하하! 아, 그러고 보니."

"응? 뭔데?"

"저번에 아버지와 오그 아저씨가 한 말인데."

"으, 응."

얼티밋 매지션즈 대표와 왕태자 전하의 대화라는 말에 직전까지 장난치던 알렌과 크레스타의 표정이 갑자기 진지해졌다.

알렌과 크레스타에게 신과 아우구스트의 이야기는 가벼운 마음으로 들어도 될 것이 아니다.

"가, 갑자기 왜 그래?"

"아무것도 아니야. 그래서?"

"뭔가 내년에 마법 적성을 재검사한다고 해."

실베스터의 이야기를 들은 알렌과 크레스타는 잠시 눈이 휘둥그레졌지만 이내 고개를 갸웃했다.

"어? 어째서?"

"글쎄? 그것까진 듣지 못했어."

"흠, 어째서일까?"

"신 님과 왕태자 전하의 생각을 아직 어린 우리가 이해하긴 어렵겠죠."

이상해하는 알렌에 비해 높은 사람의 생각은 이해할 수 없다고 생각한 크레스타는 처음부터 이해하기를 포기했다.

"그건 그렇지만 이유가 궁금하잖아."

"하지만 그게 우리가 들어도 되는 건가요?"

"윽……."

확실히 얼티밋 매지션즈 대표와 왕태자의 이야기이니 분명 중요한 이야기일 것이다.

그 안에 국가의 중요 기밀이 포함되어 있어도 이상하지 않다.

그런 이야기를 초등학원생인 자신들이 들어도 될까?

크레스타는 순순히 그렇게 생각했지만, 흥미진진했던 알렌은 멋쩍은 듯이 시선을 피했다.

"아, 뭐, 이유는 모르겠지만 재검사는 정해진 거야?"

"응. 내년에 3, 4학년생 검사를 같이한대."

"정말 무슨 일이지?"

"혹시 다시 검사하면 마법 적성이 없었던 사람도 적성이 나타날지도?"

재검사라면 한 번 검사를 받고 마법 적성이 없다고 판단된 인물이 대상이라는 뜻이다.

일부러 재검사한다는 것은 그런 인물도 다시 검사하면 마법 적성이 나타날지도 모르기 때문일 것 같다고 실베스터는 생각했는데……

"그건 아니겠지."

"맞아요. 마법을 쓸 수 없는 사람은 평생 쓸 수 없어요. 이건 상식이라고요."

"음, 그런가?"

사실 실베스터의 예상은 틀리지 않았지만, 그런 사실을 알 리가 없는 세 사람은 오늘 있을 마법 실습을 생각했다.

그리고 모두가 아직 마력 제어에 고생하고 있을 때, 실베스터를 포함한 세 사람만 이미 마법 변환까지 할 수 있다는 사실이 알려지자 예상대로 질투가 쏟아졌다.

◆

"지금 돌아왔어요!"

"다녀왔습니다."

"응. 어서 와, 메이, 에클레르 군. 오늘은 어땠어?"

저녁 무렵 얼티밋 매지션즈 사무실.

나는 거기서 얼티밋 매지션즈의 업무와는 상관없는 일을 했다.

아니, 요즘 얼티밋 매지션즈는 사무원들이 우수해서 내가 봐야할 서류가 사라졌거든.

각국에서 장래 유망한 엘리트를 보냈으니까.

원래는 너무 강해진 우리를 감시한다는 명목이었지만, 우리에게 찔리는 점은 전혀 없다.

사무원들도 그런 의혹이 없다는 것을 알게 되면 평범하게 사무에 매진해 주었다.

매년 열리는 신규 입단 시험도 6회에 이르렀고 신입 단원도 연수를 거쳐 현장에 출동하는 인재도 늘어났다.

그러니 내가 나서야할 의뢰가 사라졌고 이렇게 사무실에 대기하고 있지만 할 일이 없는 상황이 벌어졌다.

아니, 뭐랄까, 이제는 완전히 내 손에서 벗어나 독립한 느낌이네.

뭐, 원래부터 그게 목적으로 단원과 사무원을 늘린 거지만.

최근 내가 하는 일이라면 계속해서 새로운 마도구 제작과 업그레이드.

……월포드 상회에서 해야할 일이긴 하다.

다만…… 상회 쪽은 앨리스의 아버지인 글렌 씨가 사장으로 이끌고 계시니 이쪽보다 일이 없다.

여기라면 가끔 긴급 안건으로 출동 요청이 있을 때도 있으니 상회 쪽에 딱히 일이 없을 땐 얼티밋 매지션즈 사무실에서 이런저런 일을 한다.

오늘도 사무실에서 매지컨카 개량 방법을 고민하던 나는 그 작업을 중단하고 돌아온 메이와 에클레르 군을 맞이했다.

"오늘은 오랜만에 마물 토벌 안건이었는데 수가 많아서 큰일이었어요."

"오늘 간 지역은 사람 손을 안 탄 곳이 많았습니다. 어쩌면 마물이 대량 발생했을지도 모르겠습니다."

"진짜? 그럼 그 지역 영주에게 알려줘야겠네."

"부탁합니다."

"그럼 의견서를 작성해서 제출할 테니까 되도록 빨리 보고서를 부탁해."

"알겠습니다."

이렇게 현지에서 돌아온 단원으로부터 이야기를 듣고 개선해야할 점이 있으면 나라와 영주에게 진언하게나 주의 주는 것도 내 일이다.

그러나 평민인 내가 전해도 각 영주는 귀족이니 진언을 무시할지도 모른다.

그래서 내가 하는 일은 단원의 보고서를 바탕으로 상세한 의견서를 작성해 오그에게 제출하는 것.

나머진 알스하이드 왕가의 이름으로 영주와 각국에 연락

이 간다.

직접 대응할 수 있다면 그러는 편이 좋으니까.

그러지 않으면 스스로 아무것도 하지 않는 의존적 성향이 생길 수도 있다.

스스로 해보고, 그래도 불가능하다면 우리에게 의뢰한다.

몇 년이 이어지고 이제야 이런 형식이 갖춰지게 됐다.

시작했을 무렵엔 무슨 일이든 의뢰해서 일이 제대로 돌아가지 않을 뻔했다.

마물 헌터 협회에 의뢰를 나눠줘 헌터들이 의뢰를 해결하는 형식도 최근 몇 년에 확실히 정착했다.

그 덕분인지 헌터 협회에 마물 토벌 이외의 의뢰가 직접 오게 됐다.

그야말로 이세계 라이트노벨에 자주 등장하는 모험가 길드와 같은 업무 형태가 됐다.

아직 랭크 제도는 없지만 의뢰 내용에 따라 신뢰할 수 있는 헌터에게 맡기고 싶은 것도 일다고 하니 조만간 랭크 제도나 신뢰도, 공헌도 제도가 생길지도 모르겠다.

그런 생각을 하며 오그에게 제출한 제안서를 준비하니 카탈리나 씨가 말을 걸었다.

"신 님, 방금 월포드 상회에서 서류가 도착했습니다."

"고마워요."

나는 카탈리나 씨에게서 받은 서류를 읽었다.

참고로 이 서류는 송부되거나 누군가가 가져오는 것이 아니다.

얼티밋 매지션즈의 사무실과 왕성 사이에서 사용되던 서류 전송 장치를 일반 공개했기에 그것을 사용해서 보낸 것이다.

뭐, 전생의 팩스 같은 것이지.

다른 점이라면 복사해서 보내는 것이 아니라 실물이라는 점과 한 쌍의 전송 장치끼리만 주고받을 수 있다는 점.

아직 번호를 설정해 다양한 곳에 마음껏 서류와 물건을 주고받게 할 예정은 없다.

게이트 마법을 부여했기에 전송되는 것은 실물 그 자체인 만큼 만약 작은 고급품…… 예를 들어 금화나 보석 등이 보내진다면 추적하는 것이 곤란하기 때문이다.

한 쌍이라면 보낸 곳을 금방 알 수 있다.

그 장치를 사용해 도착한 서류를 읽기 시작했다.

서류의 내용은 조만간 마도구를 거래하는 상회끼리 모임을 열 예정이니 출석해달라는 의뢰였다.

회의 내용은 최근 쿠완롱에서 마석이 대량으로 수입되어 마도구사가 마석을 사용해 적극적으로 마도구를 개발하게 됐는데 평소 마석을 사용하지 않는 것을 전제로 마도구를 개발했었기에 마석을 유용하게 사용할 줄 모르니 위험하게 다루다 사고가 나기 전에 마석 사용법에 관해 의논하고 싶다는 내용이었다.

이번에 개발한 매지컨카에도 사용했는데, 최근엔 정말로 마석이 저렴해져서 일반적인 가게에서도 판매하게 됐다.

덕분에 나는 전부터 만들고 싶었던 상시 점등하는 조명기구와 에어컨, 얼음을 만들지 않아도 되는 냉장고, 전자동 세탁 건조기 등을 개발해 판매하기 시작했다.

나는 마석을 만들 수 있기에 예전에 이미 이런 마도구들을 만들었지만 집에서만 사용했었다.

그러나 이번에 일반적으로도 마석이 판매되기 시작했으니 집에서 사용하던 가전……이 아니라 생활 마도구를 개방했다.

그 결과, 크게 유행했다.

이런 상품 덕분에 지금 마석을 이용한 마도구의 열기가 뜨겁다.

이미 마석 이용 마도구를 판매하는 우리 쪽에도 모임 이야기가 온 것은 기술 독점은 좋지 않다, 모두에게 알려줬으면 좋겠다……는 뜻이겠지.

그렇다면 내 대답은 정해져 있다.

나는 펜을 들고 서류에 기재된 『참가, 불참』 항목에 동그라미를 그려 월포드 상회에 보냈다.

"어? 답장이 빠르시네요. 그다지 중요한 서류가 아니었나요?"

서류 전송 장치는 카탈리나 씨 자리의 근처에 있다.

그녀는 얼티밋 매지션즈의 사무장 같은 위치에 있기에 사무실에 오는 서류를 제일 먼저 확인하기 위해 이 자리가 됐다.

그리고 이쪽이 보내는 서류를 확인하기도 한다.

내 경우엔 상회의 비밀에 관련된 것도 있고 애초에 이걸 만든 것이 나라서 이걸 사용하지 않고도 게이트를 열고 직접 전달할 수도 있으니 확인하든 하지 않든 별반 차이가 없다는 이유로 확인하지 않는다.

내가 서류에 바로 사인하고 보내자 내용을 모르는 카탈리나 씨가 이상하게 생각했나 보다.

"아, 뭔가 이번에 마석을 이용한 마도구에 관한 회의가 있으니 출석 여부를 확인하는 서류였어요."

"그렇군요. 뭐, 새삼스럽군요. 신 님만큼 마석 취급에 뛰어난 분은 안 계시니까요."

"그런가? 뭐, 그렇게 됐어요."

"네, 참가하지 않으신다는 거죠?"

"아니, 참석하는데요?"

"네?!"

내 대답을 듣고 카탈리나 씨뿐만 아니라 주위에서 작업하던 다른 사무원, 보고서를 작성하던 메이와 에클레르 군까지 눈을 크게 뜨고 나를 보았다.

"어, 어째서죠? 마석을 어떻게 사용하는지를 논의하는 모임 아닌가요? 어째서 신 님께서 출석할 필요가 있죠?"

"맞아요. 신 오빠는 이미 답을 알고 있잖아요. 마도 램프라든가 에어컨을 만들었으니까요. 이제 와서 왜 출석하는 건가요?"

"그렇지. 나한텐 필요 없어."

"……신 님, 혹시."

뭔가를 깨달은 에클레르 군이 설마 하는 얼굴로 나를 보았다.

"응. 마석을 어떻게 마도구에 사용하는지 알려주고 올 거야."

『네에?!』

내가 마석 이용 방법을 알려준다고 하니 모두가 소리쳤다.

"어, 어째서죠?! 지금 마석을 사용한 마도구로 크게 벌고 있는 건 신 씨네 상회뿐이잖아요! 왜 그런 이익을 시궁창에 버리는 짓을 하는 겁니까?!"

그렇게 소리친 것은 엘스 자유 상업 연합국 출신에서 상인이었고 마리아의 남편인 카르타스 씨.

이익을 중시하는 엘스 상인답게 내 행동에 충격을 받은 듯했다.

"딱히 그럴 생각은 없어요. 그리고 동종업이 나온다 해도 선발주자라는 것만으로도 유리하니까요. 그리고……."

"그리고?"

"개발자가 늘어나면 기상천외한 발명품이 나올지도 모르잖아요?"

내가 그렇게 답하자 카르타스 씨는 눈이 휘둥그레지고 입을 떡하니 벌린 채 굳어버렸다.

뭐, 엘스 상인이라면 그렇게 반응하겠지.

쓴웃음을 지으며 카르타스 씨를 보니 아내인 마리아가 카르타스 씨에게 다가가 어깨를 툭툭 두드려 정신 차리게 했다.

"포기해. 저게 신이니까. 이익이나 주변 민폐는 신경도 안 쓰고 흥미가 생긴 일에 전력을 다하거든. 나도 고등 마법학원 때 몇 번이나 그런 기분이 들었는지!"

이익은 몰라도 주변에 민폐라니…… 반론하려 했지만 짐작되는 일이 너무 많아 부정할 수 없었다.

카르타스 씨를 정신 차리게 하려고 어깨를 두드린 마리아는 과거를 떠올릴 때마다 열이 올랐는지 카르타스 씨의 어깨를 꽉 붙잡았다.

"아파, 아파! 마리아, 힘을 너무 줬어!"

"아, 미안. 옛날 생각나서 그만 힘이 들어갔네."

"아, 응. 괜찮아. 그보다 신 씨, 제정신이구나?"

"맞아. 안타깝게도."

제정신인지 의심했어?!

마리아는 도와주려는 듯이 보이면서 깎아내리는 고도의 테크닉을 썼다.

그러고 보니 내가 뭔가를 할 때 제일 투덜거리던 건 마리아였지.

그때는 정말로 일반 상식이 없어서 주변 사람들에게도 많은 폐를 끼쳤던 것 같다.

하지만 만난 지도 벌서 10년이 넘었는데 지금까지도 원한을 품었을 줄이야……

뭐, 카르타스 씨 덕분에 마리아도 진정된 모양이니 뒷일은 카르타스 씨에게 맡기면 되겠지.

그렇게 생각하고 자리로 돌아가니 메이와 에클레르 군이 보고서를 가져왔다.

"오래 기다리셨어요! 오늘의 보고서예요!"

"확인해주십시오."

"고마워. 오늘은 이만 들어가도 돼."

"네! 그럼 실례할게요!"

"수고하셨습니다. 그럼 내일 뵙겠습니다."

"응, 수고했어."

이렇게 두 사람은 보고서를 제출한 뒤 그대로 집으로 돌아갔다.

나는 보고서를 바탕으로 요청서를 작성하며 아까 그 서류를 생각했다.

지금까지 마도구 제작 지식을 선보인 것은 빈 공방뿐이었다.

그러나 그것은 업계 전체로 볼 땐 그다지 좋은 일이 아니다.

그래서 사실은 내 지식을 어느 정도는 방출할 생각이었다.

그러나 내게는 다른 상회와의 관계도 없고 마석을 사용한 마도구 제작 순서를 알려주려고 해도 뭔가 거만하게 구는 것 같아 쉽게 실행하지 못했었다.

그런데 상대가 말을 꺼낼 줄이야.

나는 마침 잘됐다는 마음으로 회의 당일이 기다려졌다.

그리고 그 회의 이후, 마도구 개발 속도가 더욱 가속되었다.

제4장 그리고 세대는 교체된다

　계절이 바뀌고 학원은 여름방학에 들어갔다.

　말괄량이라 여러모로 불안했던 샤를도 초등학원에서 비아 이외의 친구도 많이 생겼는지 매일 즐겁게 오늘 있었던 일을 알려주었다.

　좋은 면도 나쁜 면도 솔직한 아이라서 무리하는 것 같지는 않아 다행이었다.

　실버는 기대했던 마법을 배우는 것이 즐거운 모양이고 알렌 군과 크레스타 양과 친해서 이쪽도 매일 학원 생활을 즐기는 듯했다.

　둘 다 내 아이라서 성가신 일을 겪지 않을까 걱정했는데, 아직은 대놓고 적대시하는 친구는 없는 모양이다.

　알리샤가 샤를에게 트집 잡았던 것은 비아를 대하는 태도가 알리샤의 허용 범위를 넘었기 때문이다. 다시 말해 월포드 가라는 이유로 비꼰 것이 아니라 순수하게 샤를을 혼낸 것이라고.

　말투는 험한 아이지만 이런 아이는 샤를에겐 고마울 따름이고 여전히 계속 친구로 있어주는 모양이라 다행이었다.

차남인 숀은 마도구를 연습한다고 했지만 3살 어린아이에 겐 어려워서 매일 도전했다가 실패해 울음을 터뜨리는 일을 반복하고 있다.

샤를은 마도 장난감을 5살이 되어서야 쓸 수 있게 된 것을 생각하면 지금 쓸 수 없어도 아무런 문제는 없다.

어쨌든 매지컨카로 놀고 싶은 마음이 큰지 질리지 않고 열심히 마도구를 연습 중이다.

오그네 왕자인 노바 군도 숀과 같은 이유로 마도구를 연습 중이라고 한다.

그런 식으로 하루하루 흘러가다 보니 순식간에 여름방학이 됐다.

고등 마법학원 재학 때부터 여름이 되면 한 번은 율리우스의 본가인 리텐하임 리조트에서 지냈기에 며칠 후에는 그쪽으로 갈 예정이다.

그리고 오늘 여름방학 이틀째, 우리는 지금 옛 제도령에서 현 알스하이드령이 된 구 제도를 찾았다.

목적은…… 성묘다.

구 제도는 마인과 마물들 때문에 주민이 한 명도 남지 않고 참살되었기에 우리가 들어갔을 땐 아무도 없는 유령 도시였다.

슈트름과 마인 잔당을 모두 쓰러뜨리고 구 제도를 탈환한 후 부흥시킬 때, 부서지지 않고 남은 건물 등은 그대로 사용했다.

원래 주민이었던 제국인들이 몰살당한 거리는 기분이 나쁘다는 사람도 있지만, 이 규모의 도시를 처음부터 다시 만드는 것은 시간적으로나 물적으로나 현실적이지 못하다.

그래서 무사한 건물은 그대로 두고 복구 가능한 건물은 복구, 파괴된 건물만 처음부터 다시 만들기로 했다.

이쪽 세계엔 마법이 있기에 토목 공사와 건축 공사의 속도가 빨라서 지금은 이주민이 많이 들어와 활기를 띠게 됐다.

그리고 구 제국 성은 우리의 싸움으로 대부분이 파괴되었기에 그대로 철거하고 중앙공원으로 정비됐다.

중앙공원의 한가운데에는 『마인왕전역 최종결전의 땅』이라는 기념비도 세워졌다.

그 중앙공원 한쪽에 작은 묘지가 있다.

슈투름 일행에게 유린당해 사망한 구 제도민들의 위령비와 우리가 토벌한 마인들의 합동 묘지 등이 있다.

세계를 없애려 한 마인들의 묘라는 이유로 반대하는 목소리도 있었지만, 구 제국을 강하게 증오한 탓에 마인이 되기를 선택한 자들의 시신을 방치할 수는 없는 노릇이다.

방치했다간 저주받을 것 같다는 의견이 압도적으로 많아서 시신은 화장한 후 이곳 합동 묘지에 매장했다.

나도 그 최종결전 때 마인들의 과거를 듣고 동정했었기에 가능하면 공양해주고 싶었다. 그래서 매장이 결정됐을 때

안도했다.

……정말 뒷맛이 좋지 않은 싸움이었으니까.

여기에 올 때마다 부디 다음 생에선 행복해지기를 기도했다.

그리고 이민이 시작된 후 사망한 분의 묘지로도 이용됐다.

그 묘지 안에 어떤 묘 앞에 우리 가족이 나란히 섰다.

"자, 실버. 인사드리렴."

"응."

실버는 고개를 끄덕인 뒤 꽃다발을 비석에 바치고 두 손을 모아 눈을 감고 기도했다.

나와 시실리도 이 묘에 잠든 사람의 마지막을 떠올리며 명복을 빌었다.

"있잖아, 아빠, 엄마."

"응?"

"왜 그러니? 숀."

3살이 되어 많은 걸 이해하게 된 숀은 최근 들어 다양한 일에 의문을 품게 됐다.

"누구야?"

누구라는 것은 이 묘에 잠든 사람을 묻는 것이리라.

오늘은 누구의 묘에 온 것인지 묻는 것 같았다.

나는 숀의 옆에 앉아 시선 높이를 맞춘 뒤 아직 기도하는 실버를 힐끔 보았다.

"여기는 실버의…… 형을 낳아주신 어머니의 묘야."

"······엄마, 여기 있는데?"

숀의 말에 나와 시실리가 쓴웃음을 지었다.

역시 아직 낳아준 부모와 키워준 부모, 그런 걸 이해하지는 못한 건가.

어떻게 설명할지 생각하고 있으니 샤를이 간결하게 말했다.

"오빠한텐 낳아주신 엄마하고 키워주신 엄마, 두 엄마가 있어."

"엄마, 두 사람?"

"맞아. 우리는 엄마가 한 명인데 치사해."

"'풉.'"

엄마가 두 사람이라서 치사하다니····· 그렇게 생각할 줄은 몰랐다.

피가 이어지지 않은 형제자매는 그 사실이 발각됐을 때 더 어색해지는 일이 많지 않을까 했었다.

그러나 샤를은 그 사실을 알고서도 전혀 변하지 않았다.

어려서 그런 걸지도 모르지만 샤를에게 피가 이어졌는지는 상관없다고 한다.

실버는 오빠고 그 이상도 이하도 아니다.

그것보다 샤를에게 엄마란 시실리로, 자상한 포용력이 있고 늘 미소 지어주며 무엇보다 안심이 되는 대상.

처음엔 샤를도 의미를 몰랐던 모양이지만 성장하면서 그런 사람이 둘이나 있는 실버가 부럽다고 생각하게 된 듯하다.

긍정적이랄까. 이런 샤를의 생각 덕분에 많은 도움을 받는 것만 같다.

솔직히 성장하며 피가 이어지지 않은 형제자매라는 사실을 깨닫게 되면 사이가 어색해지지 않을까 우려했던 적도 있었다.

알스하이드 왕국의 법에선 피가 이어지지 않으면 남매라 해도 결혼할 수 있으니까.

실제로 실버를 좋아하는 비아는 샤를을 친구이자 자매 같은 존재로 공언하고 있는데 실버에 관해서 만큼은 무척이나 경계하고 있다.

가족이라 늘 함께 있으니 언젠가 가족의 우애가 연애로 발전하지는 않을지 걱정되는 모양이다.

다만, 샤를의 상태를 보면 그런 감정이 될 것 같지는 않다.

그런 생각을 하다 보니 실버가 기도를 마치고 우리에게 돌아왔다.

"기다렸지? 아버지, 어머니."

"아니야. 인사 잘했어?"

"응."

"그래요, 다행이네요. 그럼 어떡할래요? 잠깐 거리 구경이나 하러 갈까요?"

"탐험! 새로운 도시를 탐험하고 싶어!"

"나도!"

성묘가 끝나고 지금부터 새로운 거리를 보러 가자고 시실리가 말하자, 샤를과 숀이 방방 뛰며 탐험하고 싶다고 말했다.

"그래. 그럼 새로운 도시에 무엇이 있는지 다 같이 탐험할까?"

"응."

"신난다!"

"와~!"

실버, 샤를, 숀 세 사람의 대답으로 새로운 도시 탐험……산책이 정해졌다.

"그럼 다들 미아가 되지 않도록 손을 잡아요."

""네~.""

시실리의 말에 샤를이 실버의 오른손을, 숀이 실버의 왼손을 잡았다.

"어? 잠깐, 이러면 난 손을 쓸 수 없는데."

"안 돼! 오빠는 여동생의 손을 놓으면 안 돼!"

"남동생도!"

두 손을 붙들려 항의하는 실버에게 샤를과 숀이 손을 놓기를 완강히 거부했다.

역시 이 세 사람에겐 아무런 걱정이 없다.

피가 이어졌든 않았든 오빠는 오빠고 여동생과 남동생은 여동생과 남동생이다.

이 관계가 변할 일은 없을 것이다.

자신의 항의가 샤를과 숀에게 통하지 않자 실버는 쓴웃음 지으며 두 사람에게 말했다.

"그럼 손을 놓으면 안 된다?"

""응!""

샤를과 숀은 기운차게 대답한 뒤 실버의 손을 붙잡고 걷기 시작했다.

"앗! 잠깐만! 말하자마자 미아가 될 일을 하면 안 돼!"

"어머나, 이것 참."

다급히 세 사람을 쫓는 나와 시실리의 얼굴엔 말과는 다르게 미소가 떠올라 있었다.

밀리아의 성묘를 다녀오고 며칠 후, 우리는 매년 가던 대로 리텐하임 리조트에 왔다.

이 리텐하임 리조트는 리테하임 후작가가 운영하는 곳으로 부유층에게 상당히 인기가 있는 리조트인데, 율리우스가 이 영지의 차기 영주라서 여러모로 편의를 봐주고 있다.

쉽게 말해 연줄이다.

예약하기 어려운 인기 리조트라서 다른 사람이 항의하지 않을까 걱정했던 적도 있지만, 율리우스가 얼티밋 매지션즈의 일원이라는 사실은 널리 알려져 있기에 자기 영지에 친구를 초대할 뿐이라고 생각한다는 것을 알게 된 이후로는 너무 신경 쓰지 않고 초대에 응했다.

이번에도 초대받은 우리는 이곳 영주인 율리우스의 아버지, 리텐하임 후작에게 인사하러 왔다.

"오랜만입니다, 리텐하임 후작님. 올해도 신세지겠습니다."

"오랜만이군, 신 군. 올해도 와줘서 고맙네."

"아니요, 매년 초대해 주셔서 고맙습니다. 이 아이들도 매년 여기서 여름을 보내기를 기대하고 있거든요."

나는 그렇게 말하고 아이들에게 시선을 보냈다.

"초대해 주셔서 감사합니다."

"감사합니다!"

"감사함미다!"

실버가 예의 바르게 인사하고 샤를과 숀은 활기차게 인사했다.

그것을 본 리텐나임 후작은 고개를 끄덕이며 미소 지었다.

"활기차고 솔직하고 착한 아이로 자랐군. 자네들에게 그런 말을 들으니 다행이야. 자네들이 매년 우리 영지를 찾아와 주는 덕분에 우리 영지의 격이 오르고 있거든. 작은 보답이 됐다면 그보다 기쁜 일이 없지."

"저야말로 매년 신세만 져서……."

"그러니 체류비는 이쪽에서……."

"아니요, 그건 괜찮습니다."

"음, 그런가."

위험해라.

리텐하임 후작은 매년 우리의 체류비를 자신이 내겠다고 말한다.

우리가 매년 여름휴가를 여기서 보내면 리조트의 격이 오른다면서.

그것을 거절하는 것이 연례행사처럼 됐다.

일단 올해도 그 의식을 마친 뒤, 나는 후작 옆에 있는 율리우스에게 시선을 보냈다.

"율리우스, 오랜만이야."

"오랜만이오, 신 님. 만나서 기쁠 따름이구려."

"나도야. 영지 경영 공부는 순조로워?"

율리우스는 리텐하임 후작가의 적남.

장래엔 이곳 후작령을 잇게 된다.

20살을 넘어서부터 영지를 잇기 위해 공부를 시작했고 얼티밋 매지션즈의 후진이 성장한 지금은 대부분의 시간을 영지에서 보내고 있다.

그래서 얼티밋 매지션즈는 반쯤 은퇴한 셈이어서 이렇게 만나는 것도 오랜만이었다.

"지금까지 단련만 하느라 제법 큰일이외다."

"그래? 어쩐지 오그와 같이 행동했었으니까 다양한 상황에 정통할 거라고 생각했는데."

"상황을 아는 것과 실제로 영지를 운영하는 것은 별개요. 다양한 일을 즉석에서 판단해 해결한 전하가 새삼스럽게 존경스러울 따름이오."

"그 녀석은…… 학생 때부터 영지 경영이 아니라 국정에 참가했으니까."

"그분이야말로 진짜 천재올시다."

"그렇다면 토르도 고생하고 있으려나?"

"토르는 학생 때부터 영지 산업에 신경 썼으니 말이오. 신 님도 몇 번인가 고언을 받은 적이 있지 않소?"

"그러고 보니 그랬지."

내가 새로운 마도구를 만들 때마다 시장이나 기존 업자에 영향은 없는지 여러모로 걱정했었다.

얼티밋 매지션즈로서 활동하면서도 늘 자기 영지를 생각 했을 것이다.

토르는 율리우스보다 영지 계승에 고생하지 않을 것 같다.

"그러니 소인보다는 괜찮을 것 같소. 아, 그러고 보니 토르 쪽도 아까 도착해서 인사하러 왔소이다."

"오, 그렇구나."

"지금쯤 사라와 요한과 차를 마시고 있을 것 같구려."

사라 씨는 율리우스의 아내이고 요한은 율리우스와 사라 씨 사이에 태어난 아들이다.

"그럼 우리도 그쪽으로 갈까? 그럼 후작님, 실례하겠습니다."

"음. 신 군은 바쁜 몸이니 천천히 쉬시게나."

"네, 고맙습니다."

후작에게 인사한 우리는 후작과 율리우스를 남겨두고 방에서 나왔다.

이후에도 도착할 예정인 사람이 있고 그중에는 오그 가족도 있다.

당주와 차기 당주로서 왕태자를 맞이해야만 한다.

그러니 우리 가족끼리만 방에서 나와 후작가의 메이드의 안내를 받아 토르가 있는 곳으로 안내받았다.

메이드가 문을 두드리고 우리가 방문했다는 사실을 알리자 안에서 대답이 들렸고 방 안으로 들어갈 수 있었다.

"신 님!"

안에는 당연히 토르가 있었고 우리가 방으로 들어가니 자리에서 일어나 우리를 맞이해 주었다.

토르도 율리우스처럼 얼티밋 매지션즈를 반쯤 은퇴한 상황이라 이렇게 만나는 건 오랜만이었다.

매년 리텐하임 리조트를 찾는 것은 이렇게 쉽게 만날 수 없게 된 친구와 오랜만에 만날 목적도 있었다.

나는 오랜만에 만난 토르와 악수하며 인사했다.

"오랜만이야, 토르. 건강해 보여서 다행이네."

"덕분입니다. 신 님도 변함없는 것 같군요."

인사를 나누고 있으니 토르가 살짝 째려보았다.

"어, 왜?"

"여전히 멈출 줄 모르는군요, 신 님은. 뭡니까? 그 매지컨카라는 건."

"오, 그렇다면 보내준 걸로 즐겨줬구나."

"네, 만져봤습니다. 덕분에 애나벨이 자기도 하고 싶다며 고집을 부리더군요. 이제 3살이라 마도구를 기동하지 못해 도전했다가 실패하고는 그때마다 울음을 터뜨립니다."

애나벨은 토르의 아내인 카렌 씨와의 사이에 태어난 여자아이다.

우리 손과 율리우스의 아들 요한 군과 똑같은 3살.

외모는 토르와 닮았고 내면은 카렌 씨와 닮아 서글서글하다고 한다.

그런 애나벨과 요한 군은 우리가 토르와 율리우스를 자주 만나지 못하는 것처럼 손과도 쉽게 만날 기회가 없었다.

두 사람의 아버지인 토르와 율리우스는 서로 차기 영주라는 같은 입장이라 의견 교환 등으로 가끔씩 만나는 사이.

그때마다 아이들도 만난다고 하니 사이가 좋다고.

혹시 장래엔…… 그렇게 두 부모는 기대하는 중이라고 한다.

뭐, 그런 사정은 그렇다 치고 애나벨도 매지컨카에 흥미가 있는 건가.

생긴 것과는 다르게 토르는 멋지거나 남자다운 걸 좋아하니까. 아버지의 그런 면을 닮은 건지도 모르겠다.

"어느 집이든 똑같네."

"솔직히 저도 즐거웠으니 아이뿐만 아니라 어른에게도 인기가 있을 것 같은데, 그런 물건을 잘도 만들었군요."

"아, 그건……."

매지컨카를 만든 이유가 화제로 나왔으니 앞서 오그와 나눈 대화를 토르에게 말해주었다.

그러자 이야기를 마친 토르가 이마에 손을 얹고서 한숨을 쉬었다.

"잠깐 눈을 뗀 사이에 또 그런 겁니까? 어쩔 수 없었지만 전하의 곁을 떠난 일을 후회할 것 같군요."

"그건 어쩔 수 없잖아. 차기 영주가 계속 오그의 측근일 수는 없으니까."

"그건 그렇지만……."

토르는 그렇게 말한 뒤 내게 조금 쓸쓸한 시선을 보냈다.

"언제 또 신 님이 소동의 중심이 될지 모르는데 저만 외부인이 되는 게 어쩐지 쓸쓸하기도 합니다."

"……그렇구나."

고등 마법학원 시절의 친구들과는 지금도 빈번히 만나지만 토르와 율리우스는 입장 때문에 만나는 빈도가 급감했다.

예전이었다면 나와 오그가 일으킨 소동을 가까이에서 지켜보고 함께 떠들썩했을 테지만 지금은 그럴 수 없다.

어쩔 수 없다지만 어른이 된 우리의 관계성을 다시 실감하게 되자 어딘가 숙연한 분위기가 흘렀다.

"뭐, 말은 그렇게 해도 어쩔 수 없는 일이죠. 자, 신 님. 오랜만에 만났으니 재회를 기뻐하죠."

"그러게…… 그보다! 토르가 이상한 이야기를 시작해서 그런 거잖아!"

"음? 그랬나요?"

"너…… 오그의 곁에 너무 오래 있어서 그 녀석과 닮아진 거 아니야?"

"무슨 그런 실례를. 전하가 아니라 오히려 신 님 때문이겠죠."

"어째서?!"

"자각이 없는 부분이 신 님답군요."

토르는 그렇게 말하며 웃은 뒤, 마찬가지로 재회를 기뻐하는 아이들에게 다가갔다.

"요한! 애나!"

""숀!""

"""꺄하하!"""

나이가 같은 어린아이 셋이 서로의 이름을 부르고 껴안고서 자지러졌다.

만나서 이름을 불렀을 뿐인데 뭐가 그렇게 즐거운 걸까.

"나 참, 숀은 아직 어린애라니까…… 꺄악!"

어린아이들은 별수 없다는 듯이 말하던 샤를에게 요한 군과 애나벨이 달려들었다.

두 사람에게 샤를은 은근히 가까이에 있고 잘 놀아주는 누나, 언니다.

""샤를!""

"잠깐! 왜 둘이서 동시에 달려드는 거야?!"

"""놀자!"""

요한 군과 애나벨은 물론 숀까지 샤를에게 몰려가 놀아달라고 애원했다.

그런 세 어린아이를 바라본 샤를은 옆에서 웃고 있는 실버에게 시선을 보냈다.

"자! 여기 오빠도 있네?! 다들 실버 오빠한테 뛰어들어!"

"""와아!"""

샤를은 어린아이들을 상대할 수 없다는 듯이 실버를 제물로 바쳤다.

실버는 갑자기 세 어린아이의 습격을 받았지만, 거기서 놀라운 광경이 펼쳐졌다.

"어이쿠. 셋 다 활기차네."

"와!"

"굉장해, 굉장해!"

"굉장해~!"

달려든 세 어린이를 간단히 받아들인 실버. 거기다 오른손으로는 숀, 왼손으로는 요한, 애나벨을 어깨로 세 사람을 모두 안아 올렸다.

셋 다 아직 3살이라지만 세 사람을 동시에 안는 것은 어른이라도 큰일이다.

10살도 안 된 소년이라면 상당히 무거울 터.

그런데도 세 사람을 안고 있는 그 표정은 전혀 무리하는 것 같지 않았다.

"……굉장하네요, 실버 군."

조금 놀라며 그렇게 말한 사람은 토르의 아내인 카렌 씨.

"보기엔 가녀린 소년처럼 보이는데…… 혹시 몸을 상당히 단련했나요?"

그렇게 말한 사람은 율리우스의 아내인 사라 씨다.

두 사람 모두 어린아이들과 즐겁게 놀아주는 실버에게서 눈을 떼지 못했다.

실버에게 어린아이를 떠넘긴 샤를은 이런 광경에 익숙한지 놀라지 않았다.

다만 자신만 빼놓고 놀고 있기에 부러운 듯이 바라보고 있었다.

아니, 그건 샤를의 자업자득이잖아.

그때 혼자 냉정했던 토르가 중얼거렸다.

"……신체 강화 마법."

"오, 역시 토르. 알겠어?"

"당연히 알죠. 아직 10살도 안 된 소년이 어린아이 셋을 안아 올렸으니까요. 그런 건 신체 강화 마법을 사용하지 않으면 무리입니다. 그보다 벌써 거기까지 가르쳤나요?"

"그렇지 뭐. 실버는 재능이 있는지 알려주는 족족 배우거든. 가르치는 게 즐거워져서 말이지."

내가 그렇게 말하자 토르와 시실리가 똑같이 한숨을 쉬었다.

"신 님…… 혹시 제2의 신 님을 만들 생각입니까?"

"어? 어째서?"

"신 군, 모르는 건가요?"

토르의 말을 이해하지 못하자 시실리가 황당하다는 표정으로 말했다.

"뭐를?"

"방금 그 말, 멀린 할아버님이 신 군에게 마법을 가르쳐준 다음에 하신 말씀과 똑같아요."

"어? 아……."

그러고 보니…… 고등 마법학원 입학 전에 마법을 선보였을 때 할머니에게 혼난 할아버지가 그런 말을 했던 것 같다.

토르와 시실리는 누군가에게 그때의 일을 들었나 보다.

그래서 내 말에 한숨을 쉰 것이다.

"정말로 피가 이어지지 않은 것 맞습니까? 말투가 멀린 공과 똑같습니다만."

"이런 걸 보면 아이는 혈통이 아니라 부모의 등을 보고 자란다는 걸 실감하게 돼요."

"우리는 조심하죠, 시실리 공."

"그러게요, 토르 씨."

그렇게 말하고 마주 본 채 고개를 끄덕인 토르와 시실리는 동시에 나를 보았다.

아, 알고 있어.

"나, 나도 자중할게……."

"그렇게 해주세요."

"정말 조심하세요. 열심히 하는 건 좋은 일이지만 실버는 특히 신 군을 존경하고 있으니까요. 신 군이 하는 말이라면 무조건 신용한다고요."

"아, 알겠습니다."

아이들이 즐겁게 노는 옆에서 나는 토르와 시실리에게서 설교받았다.

그런 모습을 보고 카렌 씨와 사라 씨가 웃었다.

"정말 여러분은 변하지 않으시네요. 토르가 오늘을 기대한 것도 이해가 돼요."

"잠깐! 카렌?! 그걸 왜 말하는 건가요?!"

"어머? 비밀이었어? 미안, 토르."

"아니…… 딱히 그런 건 아니지만……."

"그래? 다행이네."

"……."

아내의 생각지 못한 폭로에 토르는 일단 항의부터 했지만 딱히 부정할만한 내용도 아니었기에 은근히 금방 물러났다.

그보다 카렌 씨, 지금도 토르를 어린애 대하듯 말하네.

자기 남편이자 애나벨의 아버지인데…….

다양한 의미로 굴욕을 맛본 토르는 얼굴을 붉히고 고개를 숙였다.

"신 님 때문입니다!"

"어째서?!"

토르의 불합리한 책임 전가에 항의하자 아내 세 사람이 웃기 시작했고, 아이들은 무슨 일이 있었는지 알 수 없어 어리둥절한 표정이 됐다.

한동안 만나지 못했던 토르가 변하지 않은 건 알겠지만…….

아이들 앞에서 그러지 좀 말았으면…….

"와~! 차가워! 기분 좋아!"

"앗! 잠깐, 샤를! 물이 튀기잖아요! 얼굴에 튀었어요!"

"샬럿 양! 당신 또! 옥타비아 전하께 실례를!"

"아하하, 샤를은 활기차네."

"더워…… 방에 돌아가고 싶어."

우리가 찾아온 뒤 오그 가족을 포함한 다른 가족도 모두가 왔고, 모든 가족이 함께 수영복으로 갈아입고 바다에 왔다.

바다를 본 샤를이 제일 먼저 뛰어들었고, 끌려가던 비아는 샤를 때문에 물방울이 튀어 투덜거리고, 이번에 처음 같이 온 알리샤가 샤를에게 항의했다.

그 모습을 맥스가 훈훈한 얼굴로 지켜보고, 맥스는 여름의 더위에 늘어진 채 돌아가고 싶다고 중얼거렸다.

초등학원 1학년 아이들은 활기차네…… 레인을 제외하고.

제일 활기차게 돌아다니는 샤를에게 끌려다니고 있다고 말하는 편이 정확한 건지도 모르겠지만.

그런 1학년 아이들에게 실버가 다가갔다.

"다들 너무 멀리 가면 안 돼. 수영하지 못하는 아이는 꼭 튜브를 하고."

"네~!"

"실버 오라버니!"

활기차게 대답한 샤를 옆에서 있던 비아가 실버에게 다가 갔다.

"실버 오라버니, 저기, 그게……."

수영복 차림으로 쭈뼛쭈뼛하는 비아를 보고서 실버가 환하게 웃었다.

"그 수영복, 잘 어울린다. 귀여워."

"하윽! 실버 오라버니……."

실버의 천연덕스러운 한 마디에 심장을 저격당한 비아는 새빨개져 해롱해롱한 얼굴을 실버에게 보였다.

완전히 사랑에 빠진 소녀의 얼굴이네.

그보다 실버, 지금 은근슬쩍 비아의 수영복을 칭찬하던데, 벌써 그런 배려도 할 줄 알게 됐구나…….

앞으로 여자를 울리고 다니지는 않을지 벌써 걱정되네.

그런 실버에게 칭찬받아 얼굴이 새빨개진 비아를 본 유소년팀의 한 명, 비아의 동생인 노바 군에 고개를 갸웃했다.

"누님, 얼굴이 빨개요."

"어?! 노바?! 어째서 여기에?!"

"우리는 실버 형하고 놀다 오랬어요."

『오랬어요!』

"앗! 어쩐지 아이들이 잔뜩 있어요?!"

실버 옆에는 노바 군 이외에도 많은 3살 아이들이 오밀조밀 몰려 있었다.

"아주머니들이 아이들 좀 돌봐달라고 하셔서."

어머니들은 아이 중에서 제일 연장자이자 많은 동생을 돌본 실적이 있는 실버가 아이를 맡기기에 최고의 인재였다.

그래서 서로 짠 것도 아닌데 놀 때는 실버하고 같이 있으라고 일러두었기에 실버 주변에 어린이들이 몰리게 됐다.

그 수는 총 8명.

우리 차남 숀, 오그의 장남 노바 군, 앨리스의 장남 스콜 군, 율리우스의 장남 요한 군, 마크와 올리비아의 장녀 미나, 유리의 장녀 아네트, 토니의 장녀 안나, 토르의 장녀 애나벨이다.

실버 주위에는 이렇게나 많은 아이가 몰려 있었기에 아까 비아와의 대화도 지켜보고 있었다.

"흐아아, 이, 이렇게 많은 아이가 보고 있었다니……?!"

아까 실버에게 넋이 나갔던 장면을 많은 아이에게 보였다는 사실을 깨닫고 이번에는 부끄러움에 뺨을 붉히고 몸을 꼬는 비아.

……얘, 이제 6살인데.

전부터 생각했는데 연애적인 면에서 너무 조숙한 거 아닌가? 왕족은 다들 이런가?

"오, 사랑의 파동이 느껴져."

"응? 오, 오랜만이네, 린. 이제야 골방에서 탈출했어?"

아이들을 보고 있으니 최근 얼티밋 매지션즈의 후진이 성장한 덕분에 마법학술원에 틀어박혀 사무실에 잘 나오지 않게 된 린이 어느샌가 곁에 와 있었다.

"으음. 이 휴가가 끝나면 또 틀어박힐 거야."

"정말 린만큼은 전혀 변하질 않네."

내가 그렇게 말하니 린은 고개를 갸웃했다.

"응? 너희도 안 변했어."

"그런가? 다들 부모가 되고 사정도 변했잖아."

내가 그렇게 말하자 린은 천천히 고개를 저었다.

"아이가 늘었을 뿐이고 사정이 변했을 뿐. 모두는 모두. 하나도 안 변했어."

"……그렇구나."

"응."

아이가 생겨도, 사정이 변해도, 나는 나, 모두는 모두라는 뜻이겠지.

담담한 린의 그 말이 어째서인지 가슴에 묵직하게 자리 잡혔다.

"호오, 휴즈에게 그런 말을 듣게 될 줄이야."

곁에 있던 오그도 감명받았는지 잠시 놀란 표정을 한 뒤 즐겁게 린을 바라보았다.

"내겐 남편도 아이도 없어. 그러니까 다른 사람보다 객관적으로 바라볼 수 있는 것뿐."

"어머, 혹시 린 씨도 아이를 갖고 싶어졌나요?"

혼자라는 것을 강조한 린에게 시실리가 놀리듯 그렇게 말하자 린은 곧바로 고개를 저었다.

"괜찮아. 아이가 있으면 마법 연구를 할 수 없어. 나는 내 일만으로도 벅차."

"그, 그런가요."

린이 조금의 망설임도 없이 그렇게 말하자 시실리도 그 이상 아무 말도 할 수 없었다.

"뭐~? 아이는 좋아. 귀엽다고. 엄마~하고 달려오면 꼭 안아주고 부비부비해주고 싶어지는데?"

전에는 린과 함께 소동만 일으키던 앨리스도 지금은 결혼해서 한 아이의 어머니가 됐다.

그런 앨리스가 아이가 있을 때의 좋은 점을 말했지만, 린은 앨리스를 한 번 보고는 코웃음 쳤다.

"아이를 보고 정신 못 차리는 앨리스는 기분 나빠."

"너무해!"

제일 가까운 친구였던 린이 그렇게 말하자 앨리스는 「쿵~!」하는 글자가 머리 위로 떨어진 듯 충격을 받았다.

"아하하. 뭐, 사람마다 다르니 아무래도 좋잖아?"

웃으며 대화에 끼어든 사람은 토니.

"나는 지금 생활과 가족이 좋고 만족스러워. 앨리스 양은 아이가 생겨 행복하고 린 양은 지금 생활에 만족하고 있지. 그거면 충분하지 않아? 그리고 왜 결혼해도 아이가 없는 부분도 있으니까."

토니는 그렇게 말하고 시실리 옆에 있는 마리아에게 시선을 보냈다.

"뭐, 나는 학원을 졸업한 뒤에 알게 된 사람이라 너희처럼 오랜 시간을 함께 있는 건 아니잖아. 한동안은 둘만의 생활을 만끽하고 싶은 마음도 있어. 하지만 뭐 그것도 슬슬 괜찮으려나 싶기는 해."

마리아는 그렇게 말하며 우리를 보았다.

"지금까지는 여기에 와도 서로 어긋난 시기에 왔었잖아? 얼티밋 매지션즈를 내버려 둘 수 없으니까."

매년 리텐하임 리조트에 초대받았다지만 모두가 동시에 온 일은 지금껏 없었다.

만약의 사태가 벌어졌을 때를 위해 누군가가 얼티밋 매지션즈 사무실에 남아 있었기 때문이다.

그러나 올해는 전원 참가.

　그것이 무엇을 의미하는가 하면⋯⋯.

　"후진도 성장했고 내가 계속 사무실에 있을 필요도 없어졌잖아? 그럼 나 하나 정도는 출산 휴가로 빠져도 괜찮겠다 싶어."

　마리아는 결혼한 후 아이를 원하지 않았다. 여성진이 출산 휴가나 육아 휴가로 빠지는 일이 많았기 때문이다.

　그 빈자리를 마리아가 자주적으로 채워줬다.

　그러나 후임이 성장한 지금은 그럴 필요도 그다지 없어졌다.

　그렇다면 이제 괜찮으려나 싶은 거겠지.

　"이젠 우리가 없어도 잘 돌아가게 됐네."

　상회는 처음부터 글렌 씨 일행을 필두로 운영했었는데, 얼티밋 매지션즈도 메이와 에클레르 군, 그리고 제1기 신입 단원인 반 군과 미네아 양 등도 순조롭게 실력이 늘었고 새로운 단원 모두가 고등 마법학원 시절의 우리에 가까운 힘을 지니게 됐다.

　덕분에 어딜 가도 얼티밋 매지션즈는 좋은 평가를 받는다.

　이젠 꼭 우리여야 하는 이유도 사라졌다.

　그렇게 되도록 지도했으니까.

　그런 지금 상황을 되돌아보고 있던 나는 무의식적으로, 나도 모르게, 불쑥 말했다.

"이제, 우리의 역할은 끝난 건지도 모르겠다."

내가 그렇게 중얼거리자 다들 영문을 알 수 없다는 얼굴로 나를 바라보았다.

……어라?

마리아는 「이 녀석 무슨 소리래?」 하는 눈으로 보고 있다.

"뭔 소리냐? 너."

진짜 말했다!

"맞습니다. 지금도 마도구 업계를 이렇게나 어지럽힌 주제에 잘도 그런 말을 하는군요."

토르도 차가운 시선을 보냈다.

"그렇소. 그보다 신 님, 신형 마도차는 언제 완성되오? 소인이 요즘 마도차에 빠져서 말이오."

율리우스가 마도차를 운전하면 금발 마초가 외제 차를 타고 다니는 느낌이어서 어색한 느낌이 없었는데…… 그렇구나, 빠졌구나.

"그보다 은퇴해도 곤란함다! 빈 공방은 월포드 군 덕분에 이렇게 바빠진 거니까요!"

"맞아요! 제대로 책임져요!"

내가 제일 신세를 진 빈 공방의 젊은 부부인 마크와 올리비아도 내 말을 정면으로 반박했다.

아니, 그건 미안합니다…….

"아, 깜짝이야. 설마 있는 것만으로 주위에 민폐를 끼치는 신 군이 설마 그런 말을 할 줄은 몰랐어."

"우후후, 그러게에. 나도 모르게 웃음이 나올 뻔했어~."

잠깐! 그게 무슨 뜻이야?! 앨리스! 그리고 유리는 아까 분명 웃었잖아!

"아하하, 만약 역할이 끝났다면 전생 이야기를 책으로 쓰는 건 어때? 꼭 읽어보고 싶은데."

"그랬다간 전하의 불똥이 떨어질 거야. 물리적으로."

"그렇구나, 아쉽네."

"그리고 내버려 둬도 월포드 군은 멋대로 소동을 일으켜."

"그것도 그렇겠네."

쿠완롱에 간 뒤로 토니는 오컬트 취미를 숨기지 않게 됐다.

지금도 틈만 나면 발행된 오컬트 가십지를 들고서 나와 잡담을 나누는 일이 많다.

그보다 린도 앨리스처럼 말이 너무 심하잖아?!

딱히 노리고 소동을 일으킨 건 아니라고!

다들 심한 말을 하기에 풀이 죽어 있으니 오그가 어깨를 툭 두드렸다.

그 얼굴은 다 안다는 표정이었다.

"오그……."

내 첫 친구이자 베스트 프렌드.

서로를 사촌처럼 생각하며 스스럼없이 함께한 존재.

분명 상처 입은 나의 마음을 이해한 거겠지.

그렇게 생각했는데…….

"신, 숨겨도 언젠가 드러난다. 생각해둔 게 있으면 지금 자백하는 게 좋을 거야."

"오그?!"

이 녀석, 전혀 이해한 게 아니었어!

그뿐만 아니라 제일 날 의심하고 있었다고!

"이제 됐어! 나는 모두가 성장해서 이젠 내 힘은 필요 없겠다 싶었던 것뿐인데!"

내가 그렇게 말하자 다들 그제야 이해했다는 표정이 됐다.

"아, 깜짝이야. 설마 그 나이에 은퇴할 생각인가 했어."

"그러게요. 그럴 수 있을 리가 없을 텐데."

"신 님은 자신의 강력한 영향력을 모르고 있소이다."

"떠올리는 것 전부가 세상에 충격을 줄 정도니까 말임다."

"그런 사람이 은퇴라니, 갑자기 웬 농담인가 했어요."

"만약 신 군이 은퇴하면 큰일이 벌어질걸?"

"그러게에, 세상이 떠들썩해질 거야아."

"하지만 만약 은퇴하면 어떻게 되려나."

"상상이 안 돼. 지금은 시대의 과도기. 월포드 군 없이는 성립되지 않아."

"그래. 은퇴하고 은거할 날은 아직 멀었으니 각오해둬."

저마다 그렇게 말하고, 마지막에는 오그가 은퇴는 아직 멀었다고 못을 박아두었다.

하아, 알겠다고.

열심히 하면 되잖아, 열심히 하면.

그렇게 생각하고 뾰로통해져 있으니 시실리가 살며시 내 팔을 잡았다.

"신 군이 무슨 말을 하고 싶은 건지 알아요. 얼티밋 매지션즈와 상회, 마도구 업계도 활성화됐으니 신 군이 없어도 계속 발전하겠죠."

맞아, 맞아! 그런 말을 하고 싶었어!

"하지만 지금까지 앞장서서 달리던 신 군이 갑자기 사라지면 다들 어떡하면 좋을지 알 수 없게 돼요. 그러니까 역시 은퇴하긴 아직 일러요."

"아니, 은퇴할 생각이 아니라 그 최전선에서 살짝 물러날까 생각한 것뿐인데."

"그런가요? 하지만……"

시실리는 그렇게 말하고 아이들을 바라보았다.

"아이들은 세계의 최전선에서 애쓰는 아빠는 자랑거리예요. 다들 아빠를 정말 좋아하는데 열심히 하는 아빠를 제일 좋아해요."

시실리의 말에 나도 아이들을 보았다.

그러자 내 시선을 알아차렸는지 샤를이 두 손을 크게 흔들었다.

"아빠~! 엄마~! 같이 놀자!"

즐겁게 손을 흔드는 샤를을 따라 실버도 말했다.

"아버지~, 어머니~, 혼자 애들 보기엔 역시 너무 많아~!"

어린아이 여덟 명을 돌보고 있는 실버가 역시 수가 너무 많다며 도움을 요청했다.

실버 옆에는 비아가 함께 아이들을 돌보고 있지만, 어째서 인지 조금 상기된 얼굴로 뭔가 중얼거리고 있다.

처음엔 잘 몰랐지만 구조 요청에 응하려 다가가니 「오라버 니와 공동 작업······ 어린아이······ 우후후」 하는 비아의 목소 리가 들렸다.

······아니, 진짜로 6살 맞지?

미래 계획을 세우고 있는 비아에게 살짝 당황하고 있으니 다리에 매달리는 존재가 있었다.

"아빠!"

푸른 머리에 시실리를 많이 닮은 우리 아들 숀이 환한 미 소를 떠올린 채 내게 매달렸다.

그런 숀을 안아 올린 내게 시실리가 다가왔다.

"후후, 자요. 은퇴할 때가 아니라고요, 애들 아빠. 앞으로 도 이 아이들에게 훌륭한 뒷모습을 보여줘야죠."

그 말을 듣고 숀을 보니 활짝 웃으며 내게 찰싹 붙었다.

곁으로 다가온 실버에게 칭찬의 의미를 담아 머리를 쓰다 듬으니 멋쩍지만 기쁜 듯이 미소 지었다.

"치사해~! 샤를도!"

"으앗!"

아들들과 붙어있으니 딸인 샤를이 질투가 났는지 전속력으로 달려와 내 등으로 뛰어들었다.

"내가 제일 먼저 불렀는데! 치사해!"

등에 매달린 샤를이 그렇게 투덜거렸다.

어느새 나는 아이들에게 둘러싸였다.

그것을 본 시실리는 즐겁게 웃었다.

"그러게…… 은퇴할 만큼 한가하지 않네."

"응? 뭐라고?"

"아니, 아무것도 아니야. 좋아! 그럼 지금부턴 우리도 같이 놀자고!"

나는 그렇게 말하며 마법으로 바닷물을 들어 올려 샤워기처럼 뿌려댔다.

"와~!"

"꺄~!"

"아하하하!"

아이들은 갑작스러운 바닷물 샤워에 크게 흥분했다.

실버는 나를 올려다보고는 굉장하다며 존경의 눈으로 바라보았다.

그러게.

나는 앞으로도 이 아이들의 목표여야 해.

언젠가 아이들이 나를 추월할 날까지 나는 계속 달리자.

이 여름, 나는 그렇게 맹세했다.

참고로 바닷물 샤워는 부모들에게도 쏟아졌기에 바닷물로 머리카락이 끈적거린다며 어른들로부터 강렬한 항의를 받았다.

……나도 참 끝이 안 좋다니까. 그래도 뭐 이건 이것대로 나다운 거겠지?

(끝)

『현자의 손자』 17권을 읽어주셔서 감사합니다.

요시오카 츠요시입니다.

2015년부터 집필을 시작한 『현자의 손자』입니다만, 이번 권으로 마무리하게 됐습니다.

작가로서 쓰고 싶은 이야기를 마지막까지 쓸 수 있었던 것은 정말로 행복한 일이라는 것을 자각하고 있고, 여기까지 쓰게 해주신 패미통 문고 편집부 여러분껜 정말이지 감사할 따름입니다.

고맙습니다.

당시 일개 독자로서 방문했던 『소설가가 되자』 사이트에서 내가 읽고 싶은 소설이 없다는 생각에 그렇다면 직접 쓰자고 결심한 일은 제 인생에서 최대의 전환점이 된 것 같습니다.

웹소설로 시작해 책으로 나왔으면 좋겠다는 정도의 마음으로 쓰기 시작했는데, 어느새 출판이 정해지고, 만화도 나오고, 나아가 애니메이션까지 나오게 됐습니다.

이런 전개를 2015년의 저는 상상도 하지 못했었습니다.

그 시절의 저는 여러모로 꼬여 있어서…… 목소리 관련 업계에서 일하고 싶어서 상경하고는 다양한 양성소에 다니며 드디어 작은 사무실에 소속하게 됐습니다.

그러나 제 역량이 부족한 탓도 있어 생각만큼 일을 받지 못했고 들어온 일은 드라마와 광고의 엑스트라뿐.

대체 뭘 하는 건지 자신에게 되물으며 우울한 나날을 보냈습니다.

그런 스트레스를 발산한 목적으로 쓰기 시작한 것이 이 『현자의 손자』입니다.

가벼운 마음으로 쓰기 시작한 판타지 소설이지만 실제로는 가공의 나라를 만들고 그곳의 정치 형태도 고려한 뒤 다른 나라가 등장할 땐 그쪽도 생각해야만 하는, 정말이지 너무너무 힘든 작업이라는 사실을 통감하게 됐습니다.

필사적으로 이것저것 생각하며 썼습니다만, 덕분인지 『현자의 손자』는 문자 그대로 세계가 점점 확장됐습니다.

그렇게 확장된 『현자의 손자』의 세계는 사실 여기서 끝이 아닙니다.

『현자의 손자』 자체는 이번 권에서 끝입니다.

그러나 모처럼 여기까지 만든 세계관을 끝내긴 아쉽다는 생각이 들었습니다.

그래서 주역을 바꾸고 새롭게 이 세상의 이야기를 써내려가게 됐습니다.

그 새로운 주역은 신과 시실리의 딸, 샬럿입니다.

『현자의 손자』는 신이 주역인 이야기.

그래서 주역이 바뀌니 제목도 바꿔야겠다는 생각으로 샬럿을 주인공으로 한 새로운 이야기, 『마왕의 후계자』를 시작하게 됐습니다.

신이 전생자로 현대 지식을 지닌 것과는 다르게 샬럿은 그런 지식이 없습니다. 이른바 현지 주인공입니다.

이야기는 샬럿이 알스하이드 고등 마법학원에 입학한 시점에서 시작됩니다.

『현자의 손자』에도 나왔던 옥타비아, 맥스, 레인을 포함해 새로운 반 친구가 될 등장인물들과 판타지 세계이기에 가능한 청춘 드라마와 연애 드라마를 써볼까 합니다.

만약 괜찮으시다면 그쪽도 응원해주시면 정말 감사하겠습니다.

부디 잘 부탁드립니다.

그럼 마지막으로 『현자의 손자』에 도움을 주신 여러분께 감사 인사를.

담당자 S님, 제게 말을 걸어주시지 않았더라면 지금의 저는 없었을 겁니다.

정말 감사합니다. 계속해서 잘 부탁드립니다.

키쿠치 선생님, 『현자의 손자』를 독자님들이 읽어주신 것은 분명 선생님의 일러스트의 힘이 컸습니다. 정말로 감사합니다. 『마왕의 후계자』에서도 계속해서 잘 부탁드립니다.

본편 만화 담당자이신 오가타 선생님, 『현자의 손자』가 이렇게까지 널리 알려진 것은 분명 선생님의 만화 덕분입니다. 정말로 감사합니다.

  그 외에도 외전 만화 담당의 시미즈 선생님, SP 만화 담당의 니시자와 선생님, SS 만화 담당의 이시이 선생님, 애니메이션을 제작해주신 SILVER LINK.와 그 외의 제작 회사, 타무라 감독님, 캐릭터에게 생명을 불어넣어 주신 성우 여러분 등, 셀 수 없을 만큼 많은 분의 도움으로 여기까지 올 수 있었습니다.

  정말로 감사합니다.

  『현자의 손자』는 일단 여기서 끝나지만 『현자의 손자』의 세계는 아직 끝나지 않았습니다.

  『마왕의 후계자』로 새롭게 전개해 나갈 테고 웹소설 쪽에선 외전도 이어 나갈 생각입니다.

  부디 앞으로도 오랫동안 함께해주셨으면 좋겠습니다.

  그럼 지금까지 지원해주신 여러분, 정말로 감사했습니다.

  앞으로도 잘 부탁드립니다.

  2022년 11월 요시오카 츠요시

■ 현자의 손자를 응원해 주셔서 감사합니다.

저로서도 오랫동안 함께하면서
많은 공부가 됐습니다.
기획이 시작된 이후로 많은 시간이 흘렀기에
제 그림체도 초기와 비교하면
많은 변화가 있어서 재밌습니다.

「마왕의 후계자」도
잘 부탁합니다.

키쿠치 세이지

■ 역자 후기

안녕하세요. 역자 김덕진입니다.
『현자의 손자』 17권으로 인사드리게 되어 영광입니다.

어느새 완결입니다. 17권이라니 꽤 긴 여정이었네요. 세월 참 빠르네요. 끝나고 나서 돌이켜보면 늘 열심히 작업했지만 늘 부족했던 것 같은, 그런 복잡미묘한 기분입니다.

작품을 맡기 전 『현자의 손자』라는 제목을 보았을 때, 당시에 흔했던 주인공 최강 소설이겠구나 추측했습니다. 실제로 인물 설정은 그 추측에서 크게 벗어나지는 않았죠. 그래서 혹시나 작품을 진행하며 흥미를 느끼지 못하지는 않을까 걱정했었습니다.

그러나 걱정과는 다르게 작업을 진행하며 천천히 이 작품에 빠져들 수 있었고 끝까지 즐겁게 작업할 수 있었습니다. 그럴 수 있었던 이유는 배경 설정이 제법 탄탄한 정통파 판타지였고, 다양한 인물들의 삶이 그곳에 있었기 때문입니다.

강력한 주인공이 적을 물리치는 것도 카타르시스가 있었지만, 실수하면서도 무엇이 옳은지 고민하고, 사연 있는 적에게 공감하고, 친구와 우정을 쌓고, 연인과 사랑을 키우고, 가정을 꾸려 새로운 생명이 태어나는 등 주인공뿐만 아니라 각 등장인물의 삶이 그려져 있어서 즐거웠습니다. 특히 이번 17권은 작품의 피날레에 어울리게 지금까지 나왔던 많은 캐릭터가 등장해 반가웠고, 모두가 즐거운 인생을 사는 것 같아 작업하는 내내 편하고 즐거웠습니다.

어쨌든 이렇게 주인공 신의 이야기는 일단락되었네요. 17권이라는 즐겁고 멋진 여정에 함께할 수 있어서 영광이었습니다.

아직 완결의 감동이 남아 있지만 지금은 무사히 완결할 수 있었던 것에 감사드려야겠네요.

오랫동안 집필하신 작가님, 늘 아름다운 삽화를 그려주신 일러스트레이터님, 우여곡절이 많았지만 국내 발매를 위해 애쓰신 L노벨 관계자 여러분, 그리고 여기까지 읽어주신 독자님들 모두 정말 감사합니다. 『현자의 손자』로 인사드리는 건 이번이 마지막이겠지만 함께했던 매 순간이 행복이었고 또 언젠가 다시 만나 뵐 수 있었으면 좋겠습니다.

그럼 여러분도 주인공 『신』처럼 긍정적인 마음으로 늘 건강하시고 행복하시길 바라며 이만 줄이겠습니다.

감사합니다.

현자의 손자 17
영원무궁의 영웅담

초판 1쇄 발행 2025년 12월 10일

지은이_ Tsuyoshi Yoshioka
일러스트_ Seiji Kikuchi
옮긴이_ 김덕진

발행인_ 최원영
본부장_ 장혜경
편집장_ 김승신
편집진행_ 권세라 · 최혁수 · 김경민 · 최정민
편집디자인_ 양우연
국제업무_ 박진해 · 조은지 · 박지현 · 남궁명일
관리 · 영업_ 김민원 · 조은걸

펴낸곳_ (주)디앤씨미디어
등록_ 2002년 4월 25일 제20-260호
주소_ 서울특별시 구로구 디지털로32길 30 코오롱디지털타워빌란트 1301-1308호
전화_ 02-333-2513(대표)
팩시밀리_ 02-333-2514
이메일_ lnovellove@naver.com
ㄴ노벨 공식 카페_ http://cafe.naver.com/lnovel11

KENJA NO MAGO Vol.17 EIEN MUKYU NO EIYUTAN
ⓒTsuyoshi Yoshioka 2022
First published in Japan in 2022 by KADOKAWA CORPORATION, Tokyo.
Korean translation rights arranged with KADOKAWA CORPORATION, Tokyo..

ISBN 979-11-278-8538-0 04830
ISBN 979-11-278-3969-7 (세트)

값 8,500원

내 화염에 무릎 꿇어라, 세계여 1~4권

스메라기 히요코 지음 | Mika Pikazo 일러스트 | 텟타 배경화 일러스트 | 김장준 옮김

'기회만 있으면 뭔가 불태우고 싶어……'
그런 욕구를 가진 호무라는 이세계로 불려간다.
그곳에는 똑같이 이상한 여고생이 모여 있었고
특별한 재능을 가진 그녀들에게 이 세계를 구해 달라는 이야기가 나오는데?
100년 만에 부활한 마왕, 혼란에 틈타 활개 치는 악당들.
대혼란의 시대를 평정하기 위해서 소녀들은 세계의 운명을 짊어진다ー.
"당신 악당이에요? 그럼 마음 놓고 불태울 수 있죠!"
불로 정화하는 것이야말로 정의! 소각 처분에 대흥분!!
압도적 화력으로 세계를 제압하는
정상인 듯 정상 아닌 미소녀 호무라의 미래는?!

최강 방화녀의 이세계 코미디!!

©Koushi Tachibana, Tsunako 2024
KADOKAWA CORPORATION

왕의 프러포즈 1~7권

타치바나 코우시 지음 | 츠나코 일러스트 | 이승원 옮김

쿠오자키 사이카.
300시간에 한 번 멸망의 위기를 맞이하는 세계를
항상 구해온 최강의 마녀이자,
마술사가 다니는 학원의 수장.
"─너에게, 내 세계를 맡기겠어─."
그리고─
쿠가 무시키에게 신체와 힘을 물려주고, 죽음을 맞이한 첫사랑 소녀.
무시키는 사이카의 종자인 카라스마 쿠로에로부터
사이카로서 누구에게도 들키지 말고 학원에 다니란 지시를 받지만……,
클래스메이트와 교사에게도 두려움을 사고,
재회한 여동생에게서는 오빠를 좋아한다는 상의를 받는
파란만장한 생활이 기다리고 있었다!
게다가 긴장을 풀면 남성으로 돌아가기 때문에,
여성과의 키스가 필수 불가결한데?!

신세대 최강의 첫사랑!

라이트노벨의 새로운 빛! 노벨의 신간은 매월 10일에 발매됩니다. http://cafe.naver.com/lnovel11

데스마치에서 시작되는 이세계 광상곡 1~32권, EX

아이나나 히로 지음 | shri, 나가하마 메구미 일러스트 | 박경용 옮김

한창 데스마치를 치르던 프로그래머 스즈키 이치로(29).
「사토」란 닉네임을 쓰는 그가 잠시 잠들었다 깨어나 보니
듣도 보도 못한 이세계에 방치되어 있었다!
혼란에 빠질 틈도 없이 눈앞에는 처음 보는 괴물의 대군이 다가오고,
하늘에서는 유성우가 쏟아진다.
정신을 차리고 보니, 최강 레벨의 힘과 막대한 부를 손에 넣었는데……?!
이렇게 사토의「유유자적, 가끔 시리어스, 그리고 하렘」인
이세계 모험담이 시작된다!!

**최강 레벨과 막대한 재보를 가지고
시작되는 유유자적 이세계 관광!!**

라이트노벨의 새로운 빛! L노벨의 신간은 매월 10일에 발매됩니다. http://cafe.naver.com/lnovel11

©Kotobuki Yasukiyo 2021
Illustration : JohnDee
KADOKAWA CORPORATION

아라포 현자의 이세계 생활 일기 1~15권

코토부키 야스키요 지음 | JohnDee 일러스트 | 김장준 옮김

정리해고 당한 후, 매일 밭을 돌보며 『제로스 멀린』으로서
게임에 빠져 살던 백수 아저씨, 오사코 사토시(40세).
오리지널 마법을 만들어 명실상부 톱 플레이어가 된 그는
최종 보스를 무난하게 공략하지만
로그인 중 발생한 어떤 사고로 생을 마감한다.
그는 홀로 죽었다고 생각했지만,
정신을 차리고 보니 거대한 산림 지대의 한가운데에 서 있었다.
이세계 여신의 말에 따르면 그는 게임 속 능력을 이어받아 전생했다고 한다.
대산림 지대에서 서바이벌을 거치고 전(前) 공작 노인과 만난 제로스는
현자로서 능력을 인정받아 마법을 쓰지 못하는 소녀의
가정교사 일을 의뢰받는데—?!
"나는 평온한 일상이 인생의 모토인데……."

마흔 살 현자의 이세계 생활 일기 개시!

라이트노벨의 새로운 빛! ㄴ노벨의 신간은 매월 10일에 발매됩니다. http://cafe.naver.com/lnovel11